Un homme au singulier

La Californie. Un professeur de littérature vieillissant — George, dont le prénom dissimule pudiquement Christopher Isherwood — vient de perdre son ami Jim, tué dans un accident de voiture. Essayant sans trop y réussir de survivre à cet arrachement, il tente de se conduire « comme avant ». Il va faire son cours à l'université de San Tomas, prend un repas léger, se rend au gymnase et va faire ses emplettes au supermarché où, alors qu'il pousse son chariot, le vertige de la solitude le terrasse.

Il passe la soirée avec son amie Charlotte, tout aussi solitaire que lui, puis, beaucoup plus tard, va se baigner dans l'océan avec le jeune Kenny et se couche lorsque vient le jour. Il ne se réveillera plus.

Christopher Isherwood est né en 1904 en Angleterre. Etudes à Repton et à Cambridge d'où, dit-on, il est expulsé pour avoir rédigé sa thèse de façon totalement non conformiste. Brèves études de médecine à Londres. Après avoir publié son premier roman, Tous les conspirateurs, *il quitte l'Angleterre en 1929 et voyage en Europe jusqu'en 1939. De 1929 à 1933, quatre ans à Berlin où il enseigne l'anglais, puis séjours au Portugal et en Grèce pendant que paraissent ses romans « berlinois » :* Mr. Norris change de train *(1935) et* Adieu à Berlin *(1939) qui servira de point de départ au célèbre film* Cabaret. *Il collabore alors avec le poète W. H. Auden à plusieurs pièces de théâtre et à un journal de leur voyage en Chine. En 1939, il s'installe aux USA où il vit encore (en Californie), naturalisé américain depuis 1946. Il y écrit des scénarios de films pour Hollywood, se passionne pour la doctrine des yogi, enseigne dans plusieurs universités et publie de nombreux romans, dont* Un homme au singulier *(1964),* Christopher et son monde *(1977) et, récemment,* Mon gourou et son disciple

Œuvres du même auteur

TRADUITES EN FRANÇAIS

A quatre temps
traduit par Henri de Birel et Guillot de Saix
Nagel, 1945

Le Lion et son ombre
traduit par Ian Hilleret
Le Sagittaire, 1947

Le Monde au crépuscule
traduit par Ludmila Savitzky
Denoël, 1956

L'Ami de passage
traduit par Michel Ligny
Gallimard, 1964

Mr. Norris change de train
traduit par Léo Dilé
Julliard, 1964 et coll. « 10 × 18 », 1981

Tous les conspirateurs
traduit par Léo Dilé
Julliard, 1968 et coll. « 10 × 18 », 1981

La Violette du Prater
traduit par Léo Dilé
Julliard, 1968 et coll. « 10 × 18 », 1982

Adieu à Berlin
traduit par Ludmila Savitzky
Hachette, 1979 et coll. « J'ai lu », 1981

Christopher et son monde, 1929-1939
traduit par Léo Dilé
Hachette, 1981

Mon gourou et son disciple
traduit par Eyre Methuen
Flammarion, 1982

Rencontre au bord du fleuve
traduit par Eyre Methuen
Flammarion, 1982

Christopher Isherwood

Un homme au singulier

roman

TRADUIT DE L'ANGLAIS
PAR LÉO DILÉ

Hachette

TEXTE INTÉGRAL

EN COUVERTURE : illustration Yves Besnier.

Titre original : *A single man.*

ISBN 2-02-006719-6.
(ISBN 1re publication : 2.01.006505.0.)

à Gore Vidal

Le réveil, c'est d'abord un vague *suis* et *maintenant.* Puis ce qui s'est réveillé reste un moment couché en contemplant le plafond et en plongeant à l'intérieur de soi jusqu'à ce qu'il ait reconnu *Je,* et qu'il en ait déduit *Je suis, je suis maintenant. Ici,* qui vient ensuite, est rassurant, du moins négativement; car c'est *ici,* ce matin, qu'il s'attendait à se trouver; ce qu'on appelle *chez soi.*

Mais *maintenant,* c'est plus que maintenant. *Maintenant,* ça vous rafraîchit la mémoire : toute une journée de plus qu'hier, un an de plus que l'année dernière. Chaque *maintenant* se trouve étiqueté avec sa date, ce qui rend périmés tous les *maintenant* passés, jusqu'à ce que, tôt ou tard, peut-être — non, pas peut-être : à coup sûr —, Cela vienne.

La peur lui serre le plexus. Une horreur maladive de ce qui l'attend quelque part, là-bas, droit devant lui.

Mais pendant ce temps le cortex, ce sévère professeur de discipline, ayant pris place aux commandes, les a essayées l'une après l'autre; les jambes s'allongent, la base du dos se cambre, les doigts se crispent et se détendent. Voici qu'à travers tout le réseau de communications est lancé le premier ordre du jour : DEBOUT.

Obéissant, le corps se hisse hors du lit — l'arthrite des

pouces et du genou gauche le fait grimacer de douleur; le spasme au pylore lui donne une légère nausée —; il gagne en traînant les pieds la salle de bains, où il se vide la vessie et se pèse; encore un peu plus de soixante-quinze kilos malgré toutes ces suées au gymnase! Ensuite, au miroir.

Ce qu'il voit, c'est moins un visage que l'incarnation même des embêtements. Voilà ce qu'il a fait de lui; voilà le gâchis où il a réussi à se fourrer en cinquante-huit ans; exprimé par un regard fixe, éteint, traqué, un nez épaissi, une bouche aux coins tirés vers le bas en une grimace, comme par l'amertume de ses propres toxines, des joues aux muscles affaissés, des fanons flasques, aux rides minuscules. Ce regard traqué, c'est celui d'un nageur ou d'un coureur crevé de fatigue; pourtant, pas question de s'arrêter. L'individu que nous observons fera des pieds et des mains pour continuer jusqu'à ce qu'il tombe. Non par héroïsme. Il ne voit pas d'autre solution.

L'œil fixé au miroir, il aperçoit bien d'autres visages à l'intérieur de son visage — celui de l'enfant, du jeune garçon, du jeune homme, de l'homme moins jeune; tous restent là, conservés comme des fossiles en couches superposées, et, comme les fossiles, morts. Ils disent à cet être vivant, mourant : « Regarde-nous; nous sommes morts; il n'y a rien là de bien terrible. »

Il leur répond : « Mais ça s'est fait si progressivement, si facilement... *J'ai peur d'être bousculé.* »

Il fixe le miroir. Ses lèvres s'entrouvrent. Il se met à respirer par la bouche. Jusqu'à ce que le cortex lui ordonne impatiemment de se laver, de se raser, de se brosser les cheveux. Il faut couvrir cette nudité. Il faut lui mettre des vêtements pour sortir, aller dans le monde des autres; et ces autres doivent pouvoir l'identifier. Il faut avoir un comportement acceptable à leurs yeux.

Obéissant, il se lave, se rase, se brosse les cheveux; car

il accepte ses responsabilités envers autrui. Il sait ce que l'on attend de lui.

Il connaît son nom. Il s'appelle George.

Le temps de s'habiller, le voilà devenu *lui*; devenu déjà plus ou moins George — mais pas encore tout à fait le George qu'ils exigent et sont disposés à reconnaître. Ceux qui l'appellent au téléphone à cette heure-là de la matinée seraient abasourdis, peut-être même épouvantés, s'ils pouvaient savoir à quelle créature aux trois quarts humaine ils sont en train de parler. Mais c'est bien sûr impossible : la créature imite vocalement presque à la perfection leur George. Charlotte elle-même s'y laisse prendre. Deux ou trois fois seulement, elle a eu le sentiment de quelque chose de bizarre, et demandé : « Ça ne va pas, Geo? »

Il traverse la pièce du devant, qu'il appelle son cabinet de travail, et descend l'escalier. Les marches, étroites et abruptes, tournent à angle droit. On peut toucher des coudes les deux rampes, et il faut baisser la tête — même si, comme George, on ne mesure qu'un mètre soixante-treize. La petite maison est de conception étriquée. Souvent, il se sent protégé par sa petitesse; ici, il n'y a guère assez de place pour se sentir seul.

Et pourtant...

Imaginez deux personnes qui vivent ensemble jour après jour, année après année, dans cet espace réduit, debout coude à coude à faire la cuisine sur le même petit fourneau, s'effaçant pour se croiser dans l'étroit escalier, se rasant devant le même petit miroir, dans la salle de bains, se heurtant, se bousculant sans arrêt l'une l'autre par erreur ou bien exprès, sensuellement, agressivement, gauchement, impatiemment, par rage ou par amour — imaginez quelles traces profondes, quoique invisibles, elles doivent laisser partout derrière elles! Le seuil de la cuisine est trop étroit. Deux personnes pressées, chargées de plats, risquent d'y entrer sans cesse en collision. Et c'est ici, presque tous les matins, que George, arrivé au pied de l'escalier, a cette sensation de se trouver soudain au bord d'une corniche à pic, brutalement creusée, aux arêtes vives — comme si la route avait été emportée par un glissement de terrain. C'est ici qu'il s'arrête pile et sait, avec une acuité à donner la nausée, presque comme pour la première fois : Jim est mort. Est mort.

Absolument immobile, silencieux ou tout au plus en émettant un bref grognement animal, il attend que passe la crise. Puis, il entre dans la cuisine. Ces crises matinales sont trop pénibles pour être traitées comme des sentiments. Après elles, il n'éprouve que du soulagement. C'est comme après une mauvaise crampe.

Aujourd'hui, il y a encore des fourmis; leur colonne serpente par terre, grimpe par-dessus l'évier, menace le placard où il range les confitures et le miel. Tenace, il les détruit à la bombe, et prend soudain conscience de lui-même en train d'agir ainsi; vieux bonhomme opiniâtre, malveillant, essayant d'imposer sa volonté à ces instructifs et admirables insectes. La vie détruit la vie devant un public d'objets — vaisselle et casseroles, couteaux et fourchettes, bouteilles et boîtes de conserves — qui ne jouent aucun rôle dans le monde de l'évolution. Pourquoi? Pourquoi? S'agit-il de quelque ennemi cosmique, d'un tyran suprême qui tente de nous rendre aveugles à son existence en nous dressant contre nos alliés naturels, les autres victimes de sa tyrannie? Mais hélas! le temps que George ait pensé tout cela, les fourmis sont déjà mortes, essuyées à la serpillière rincée dans l'évier.

Il se prépare des œufs pochés au bacon avec un toast et du café, et s'assied à la table de cuisine pour les manger. Pendans ce temps, lui tourne et tourne dans la tête la scie enfantine que sa nounou lui enseignait quand il était petit, en Angleterre, il y a si longtemps :

C'est excellent, sur toast, les œufs pochés...

(Il la revoit si nettement, avec ses cheveux gris et ses yeux vifs de souris, son petit corps replet qui apportait dans la nursery le plateau du petit déjeuner, essoufflée d'avoir grimpé toutes ces marches! Elle maudissait leur raideur, et les nommait « les montagnes de bois »; l'un des *Sésame, ouvre-toi* de l'enfance de George.)

C'est excellent, sur toast, les œufs pochés;
Mangez-en une fois, vous en redemandez!

Oh! la déchirante insécurité des plaisirs douillets de la nursery! Le petit George en train de dévorer ses œufs; Nounou le surveille en le rassurant d'un sourire : on est bien à l'abri dans ce cher petit univers condamné!

Le petit déjeuner avec Jim constituait l'un des meilleurs moments de leur journée. C'était alors, en buvant leur deuxième et troisième tasse de café, qu'ils avaient leurs meilleures conversations. Ils parlaient de tout ce qui leur passait par la tête — y compris la mort, bien sûr, et la survie existe-t-elle, et si oui qu'est-ce qui survit au juste? Ils discutaient même des avantages et des inconvénients relatifs d'être tué instantanément et de se voir mourir. Mais aujourd'hui, George n'arrive absolument pas à se rappeler quelles étaient les idées de Jim sur la question. Il est difficile de prendre au sérieux de pareils problèmes. Ils semblent si théoriques!

Supposez seulement que les morts reviennent chez les vivants. Que quelque chose que l'on puisse à peu près reconnaître comme étant Jim soit capable de revenir voir ce que devient George. Est-ce que cela serait le moins du monde satisfaisant? Est-ce que le jeu en vaudrait même la chandelle? Au mieux, à coup sûr, ça ressemblerait à la courte visite d'un observateur étranger, autorisé à jeter un coup d'œil à l'intérieur, quelques instants, depuis le vaste espace de sa liberté, pour voir, de loin, à travers une vitre, cette silhouette assise, à la petite table de l'étroite cuisine, en train de manger humblement, tristement, ses œufs pochés : un prisonnier à vie?

Le salon est sombre et bas de plafond, avec des rayonnages de livres tout au long du mur opposé aux fenêtres. Ces livres n'ont rendu George ni plus noble, ni meilleur, ni vraiment plus sage. Seulement, il aime écouter leurs voix, l'une ou l'autre, suivant son humeur. Il les utilise sans la moindre pitié — malgré le respect avec lequel il doit parler d'eux en public — pour s'endormir, pour arracher son esprit aux aiguilles de la pendule, pour détendre les contractions de son pylore, pour dissiper sa mélancolie par leurs bavardages, pour déclencher les réflexes conditionnés de son intestin.

Voici qu'il en prend un, et que Ruskin lui déclare :

> ... Vous aimiez les pistolets à bouchon quand vous étiez des écoliers; or, fusils et Armstrongs ne sont que la même chose, en plus perfectionné; mais le pire, c'est que ce qui était un jeu à vos yeux d'enfants n'en était pas un pour les moineaux; et que ce qui est un jeu à vos yeux actuels n'en est pas un non plus pour le commun des Etats; quant aux aigles noirs, vous hésitez quelque peu à leur tirer dessus, si je ne m'abuse.

Insupportable vieux Ruskin, qui a toujours entièrement raison, et qui est fou, et si furieux, lorsqu'il morigène les Anglais — voilà l'idéal compagnon du jour pour les cinq minutes à passer aux cabinets. George éprouve l'agréable urgence d'un mouvement intestinal, et grimpe l'escalier quatre à quatre en direction de la salle de bains, livre en main.

Assis sur le siège, il peut regarder par la fenêtre. (De la maison d'en face, on voit sa tête et ses épaules, mais non point à quoi il est occupé.) C'est un matin d'hiver californien, gris, tiède, au ciel bas, adouci par les brumes du Pacifique. Sur le rivage, l'océan et le ciel seront d'un seul gris tendre et triste. Les palmiers se dressent, immobiles, et les feuilles des lauriers-roses dégouttent d'humidité.

La rue a pour nom allée des Camphriers. Peut-être y poussait-il autrefois des camphriers; il n'y en a plus. Il est plus probable que ce nom fut choisi pour son pittoresque par les premiers évadés du centre crasseux de Los Angeles et du snobisme étouffant de Pasadena, venus ici fonder cette colonie au début des années vingt. Ils baptisaient cottages leurs bungalows en stuc et leurs cabanes en planches, leur donnaient des noms coquets tels que *The Fo'c'sle* et *Hi Nuff.* Leurs rues, ils les nommaient allées, chemins ou sentiers, conformément à l'atmosphère bocagère qu'ils voulaient créer. Leur songe utopique était celui d'un village anglais sous les tropiques, avec des mœurs montmartroises; un « bon petit coin » où l'on pouvait peindre un peu, écrire un peu, boire beaucoup. Ils se considéraient comme des individualistes d'arrière-garde, menant contre le vingtième siècle une ultime résistance. Du matin au soir, ils remerciaient bruyamment le ciel d'avoir échappé au mercantilisme de la grande ville, qui détruit l'âme. Ils étaient négligés, réjouis, agressivement bohèmes;

d'une inlassable curiosité pour les faits et gestes d'autrui, et d'une tolérance illimitée. Quand ils se battaient, du moins était-ce à coups de poing, de bouteilles et de meubles, non d'avocats. La plupart d'entre eux ont eu la chance de mourir avant le Grand Tournant.

Ce Tournant a commencé à la fin des années quarante, au moment où les anciens combattants de la Seconde Guerre mondiale ont afflué de l'Est avec leurs épouses de fraîche date, en quête de nouveaux et meilleurs terrains de procréation dans le Sud ensoleillé, lequel avait constitué leur ultime vision de la Patrie avant de s'embarquer sur le Pacifique. Et quel meilleur terrain de procréation qu'un flanc de colline comme celui-ci, à cinq minutes à pied seulement de la plage, et sans voitures pour décimer les moutards à venir? C'est ainsi que l'une après l'autre, les villas qui naguère puaient le gin et retentissaient des poèmes de Hart Crane sont tombées aux mains d'une armée d'occupation : les téléspectateurs buveurs de coca.

Nul doute que les anciens combattants eux-mêmes se fussent fort bien adaptés à l'utopique bohème d'origine; peut-être certains d'entre eux auraient-ils même pris goût à la peinture ou à la littérature, entre deux gueules de bois. Mais leurs épouses leur expliquèrent, dès le départ, dans les termes les plus formels, que la procréation et la bohème, ça faisait deux. La procréation nécessite un job fixe, une hypothèque, un crédit, une assurance. Et ne va pas non plus t'aviser de mourir avant d'avoir assuré l'avenir de la famille.

C'est ainsi que les marmots firent leur apparition, portée après portée. La vieille petite école devint un groupe de grands bâtiments neufs, en matériaux légers. Le maigre marché, au bord de l'océan, s'agrandit en supermarché. Et l'on apposa deux pancartes dans l'allée des Camphriers. L'une d'elles vous disait de ne pas manger le cresson de fontaine qui poussait le long du ruisseau, parce que l'eau était polluée.

(Les premiers colons s'en étaient nourris durant des années; George et Jim y goûtèrent : il était délicieux et inoffensif.) L'autre écriteau — en lettres d'un noir sinistre sur fond jaune — disait : TERRAIN DE JEU POUR ENFANTS.

George et Jim virent la pancarte jaune, bien entendu, la première fois qu'ils vinrent ici, en quête d'une maison. Mais ils n'en tinrent pas compte, car déjà ils étaient amoureux de la maison. Ils l'aimaient car on n'y pouvait accéder que par le pont qui franchissait le ruisseau; les arbres environnants et l'abrupte falaise broussailleuse, derrière, l'isolaient comme dans une clairière. « C'est comme si nous étions dans une île à nous », disait George. Ils s'enfoncèrent jusqu'aux chevilles dans les feuilles mortes du sycomore (un fléau chronique), bien résolus, désormais, à trouver tout beau. Jetant un coup d'œil au salon bas, humide et sombre, ils convinrent qu'il serait douillet, le soir, au coin du feu. Un vaste pied de lierre boursouflé, à moitié mort, qui couvrait le garage, le faisait paraître deux fois plus grand; à l'intérieur, il était minuscule, ayant été construit du temps de la Ford modèle T. Jim le jugea utile pour y loger une partie des animaux. De toute façon, leurs voitures étaient l'une et l'autre trop grandes pour lui; mais on pourrait les garer sur le pont. Ils remarquèrent que le pont commençait à s'affaisser. « Bah! il durera bien autant que nous », déclara Jim.

Nul doute que les enfants du voisinage considèrent la maison avec les mêmes yeux que George et Jim, ce premier après-midi. Embroussaillée de lierre, sombre, secrète, elle constitue le repaire idéal pour un méchant vieux monstre de fable. Rôle que George s'est surpris à jouer, avec une violence croissante, depuis qu'il a commencé de vivre seul. Cela libère une part de sa nature qu'il avait horreur de montrer à Jim. Que dirait Jim s'il voyait George en train d'agiter les bras et de rugir comme un forcené, à la fenêtre, tandis que le Benny de Mrs. Strunk et le Joe de Mrs. Garfein traversent et retraversent le pont à la vitesse de l'éclair, par défi? (Jim s'entendait toujours si bien avec eux! Il les laissait caresser les sconses et le raton laveur, et parler à l'oiseau mynah; pourtant, jamais ils ne franchissaient le pont sans y être invités.)

Mrs. Strunk, qui demeure en face, gronde par devoir ses enfants de temps en temps, leur disant de le laisser tranquille, leur expliquant qu'il est professeur et qu'il a beaucoup de travail. Et pourtant Mrs. Strunk, en dépit de sa douceur naturelle — les corvées du ménage lui ont donné une douceur lasse; le regret du temps où elle chantait à la radio, et auquel elle a renoncé pour donner cinq garçons et trois filles à Mr. Strunk, l'a dotée d'une douceur mélancolique —, Mrs. Strunk elle-même ne peut s'empêcher de dire à George, avec un sourire de maternelle indulgence et une ombre d'approbation, que Benny (son benjamin) l'appelle maintenant « ce bonhomme-là » depuis que George a coursé Benny pour le chasser du jardin jusque de l'autre côté du pont et dans la rue : il avait cogné sur la porte de la maison à coups de marteau.

George a honte de ses rugissements parce qu'ils ne sont pas de la comédie. Il perd authentiquement son calme; après quoi, il éprouve de l'humiliation et souffre de l'estomac. En même temps, il sait fort bien que les enfants attendent de lui un pareil comportement. En réalité, ils lui inspirent sa conduite. S'il refusait soudain de jouer le rôle du monstre, et s'ils ne pouvaient plus le provoquer, il leur faudrait chercher un remplaçant. La question — s'agit-il d'une comédie, ou nous déteste-t-il vraiment? — ne leur vient jamais à l'esprit. Ils éprouvent à son égard une indifférence absolue, sauf en tant que personnage de leur mythologie. George est le seul à s'inquiéter. Il a d'autant plus honte de son instant de faiblesse, il y a un mois environ, lorsqu'il a acheté des bonbons pour les offrir dans la rue à la bande. Les enfants ont pris les bonbons sans remercier, en le considérant d'un air curieux, gêné; peut-être en cet instant leur donnait-il leur première leçon de mépris.

Cependant, Ruskin a complètement perdu sa perruque. « Le goût, c'est l'UNIQUE morale! » braille-t-il en menaçant George du doigt. Il devient fatigant; aussi George l'interrompt-il au milieu d'une phrase en refermant le livre. Toujours assis sur le trône, George regarde par la fenêtre.

La matinée est calme. Presque tous les gosses sont en classe; encore une quinzaine de jours avant les vacances de Noël. (A la pensée de Noël, George a un frisson de désespoir. Peut-être prendra-t-il les grands moyens : l'avion pour Mexico, une semaine de soûlerie et la folle tournée des bars. Mais non, tu ne le feras jamais, lui dit une voix froide.)

Ah! voilà Benny, marteau en main. Il va à la chasse parmi les poubelles sorties sur le trottoir, et en tire une balance de salle de bains cassée. Sous les yeux de George, Benny entreprend de la fracasser avec son marteau, en poussant des cris; il simule les cris de douleur de la machine. Penser que Mrs. Strunk, l'orgueilleuse mère de ce personnage, demandait à Jim, en frémissant de dégoût, comment il pouvait toucher d'inoffensifs serpenteaux!

Et voici que Mrs. Strunk apparaît sur sa véranda, au moment précis où Benny donne le coup de grâce à la bascule, et, debout, en considère les viscères éparpillés à ses pieds. « Remets ça! » lui dit-elle. « Remets ça dans la boîte! Allons, remets ça! Remets-le! Remets ça! Remets ça dans la boîte! » Sa voix monte, descend, en une psalmodie consciente de sa douceur. Jamais elle ne crie contre ses enfants. Elle a lu tous les ouvrages de psychologie. Elle sait que Benny traverse sa " phase agressive ", juste au bon moment; c'est parfaitement normal et sain. Elle sait fort bien que les voisins peuvent l'entendre de façon distincte. C'est son droit de se faire entendre, car il s'agit de l'Heure des Mères. Quand Benny finit par rejeter dans la poubelle une partie des rouages brisés, elle psalmodie « bravo! », et rentre en souriant dans la maison.

Alors, Benny va embêter trois moutards beaucoup plus petits, deux garçons et une fille, qui s'efforcent de creuser un trou dans le terrain vague entre les Strunk et les Garfein. (Leurs deux maisons regardent la rue bien en face, formant un contraste significatif avec le retrait sur le côté de la tanière de George.)

Dans le terrain vague, sous l'énorme vieil eucalyptus, Benny prend la succession du forage. Il ôte son blouson, qu'il jette à la petite fille pour qu'elle le lui porte; ensuite, il crache dans ses mains et ramasse la pelle. Il est tel ou tel héros de la télé, à la recherche d'un trésor enfoui. L'existence de ces marmots ne constitue qu'un salmigondis de ce genre d'imitation. A peine savent-ils parler qu'ils commencent à chanter les chansons publicitaires.

Mais voici qu'un des garçons — peut-être parce que le forage de Benny l'ennuie autant que les projets de scoutisme de Mr. Strunk assomment Benny — s'éloigne, tout seul, en lançant un pétard. George est allé trouver Mrs. Strunk au sujet de ces pétards, en la priant de bien vouloir expliquer à la mère de l'enfant que ça le rend fou. Mais Mrs. Strunk n'entend pas s'opposer à l'anarchie naturelle. « *Moi,* je n'entends jamais le bruit que font les enfants — du moment qu'il s'agit d'un bruit *heureux.* »

L'heure de Mrs. Strunk et le pouvoir maternel dureront jusqu'au milieu de l'après-midi, où les aînés, garçons et filles, rentrent de l'école. Ils arrivent par groupes mixtes — d'où néanmoins presque tous les garçons se détachent aussitôt pour prendre part à l'heure masculine du jeu de ballon. Ils se harcèlent rudement les uns les autres, donnent des coups de pied, bondissent et attrapent la balle avec une grâce arrogante. Quand elle atterrit dans un jardin, ils piétinent les fleurs, grimpent à l'assaut des rocailles, font intrusion dans les patios sans même songer à s'excuser. Si une auto s'aventure dans la rue, elle doit s'arrêter pour attendre qu'ils soient disposés à la laisser passer; ils sont conscients de leurs droits. Maintenant, les mères doivent boucler leurs marmots à l'intérieur pour leur éviter d'attraper un mauvais coup. Les filles s'asseyent sur les vérandas; elles ont le fou rire entre elles. Elles ne quittent pas des yeux les garçons, et pour attirer leur attention feront les choses les plus bizarres; par exemple, les filles Cody ne cessent d'éventer leur antique caniche noir, comme s'il s'agissait de Cléopâtre sur le Nil. Et pourtant, leurs petits amis eux-mêmes ne font pas attention à elles : ce n'est pas leur heure. Les seuls garçons qui veulent bien leur parler maintenant sont tranquilles et s'expriment d'une voix douce, comme cette jolie poule mouillée, le fils du docteur, qui noue des rubans aux boucles du caniche.

Et voici qu'enfin les hommes rentrent du travail. C'est leur heure, et le jeu de ballon doit cesser. Car le fait de s'être efforcé toute la journée de vendre cette pièce de terrain à une riche veuve à cervelle d'oiseau n'a pas amélioré l'état nerveux de Mr. Strunk, et Mr. Garfein est d'une humeur incertaine après les tensions de son entreprise d'installation de piscines. Eux et les autres pères ne peuvent plus supporter le bruit. (Le dimanche, Mr. Strunk jouera au ballon avec ses fils; mais ça aussi fait partie de son programme d'éducation physique; c'est poli, sérieux; ce n'est pas vraiment amusant.)

Toutes les fins de semaine, il y a réception. L'on encourage les adolescents à aller danser et se peloter entre eux, même s'ils n'ont pas fini leurs devoirs; car les adultes ont désespérément besoin de se détendre, sans être observés. Et voilà que Mrs. Strunk prépare à la cuisine des salades avec Mrs. Garfein, tandis que Mr. Strunk surveille le barbecue dans le patio, et que Mr. Garfein, en traversant le terrain vague avec un plateau de bouteilles et un shaker, annonce d'un ton joyeux évoquant les " marines ": « V'là les Martinis qui s'avancent! »

Et deux ou trois heures plus tard, après les cocktails et les éclats de rire, les histoires d'une saleté stupéfiante, les pincements plus ou moins secrets des fesses de l'épouse d'autrui, les steaks et la tourte; pendant que « les filles » — ainsi que Mrs. Strunk et les autres continueront de se désigner elles-mêmes et de s'appeler entre elles, dussent-elles atteindre quatre-vingt-dix ans — font la vaisselle, vous entendrez Mr. Strunk et les autres époux rire et parler sur la véranda, le verre en main, d'une voix devenue pâteuse. Oubliés maintenant, leurs soucis professionnels. Ils sont fiers et contents. En effet, même le moindre d'entre eux participe à l'utopie américaine, le règne de la bonne vie sur la terre — grossièrement singé par les Russes, honni par les Chinois, qui n'en sont pas moins prêts à crever de faim et d'austérité durant des générations, dans l'espoir désespéré de le connaître à leur tour. Oh! que oui, Mr. Strunk et Mr. Garfein sont fiers de ce règne! Mais alors, pourquoi leur voix ressemble-t-elle à celle des jeunes garçons qui s'appellent entre eux tandis qu'ils explorent une sombre caverne inconnue, une voix de plus en plus forte, de plus en plus assurée? Savent-ils qu'ils ont peur? Non. Pourtant, ils ont très peur.

De quoi ont-ils peur?

Ils ont peur de ce qu'ils savent se trouver quelque part dans les ténèbres qui les entourent, de ce qui risque à tout instant d'apparaître dans l'implacable rayon de leur lampe de poche, et que l'on ne pourra plus jamais ignorer, balayer à coups d'explications. L'ennemi qui ne colle pas avec leurs statistiques, la gorgone qui refuse la chirurgie plastique, le vampire qui boit du sang en faisant des bruits inconvenants, la bête nauséabonde qui n'emploie pas leurs déodorants, l'innommable qui tient, malgré toutes leurs tentatives pour le faire taire, à se nommer.

Entre bien d'autres types de monstres, se dit George, ils ont peur de ma petite personne.

George suppose que Mr. Strunk essaie de le clouer d'un mot. « Pédé! », gronde-t-il à coup sûr. Et pourtant, puisqu'après tout nous sommes en l'année mil neuf cent soixante-deux, l'on peut espérer que même lui ajoutera : « Ce qu'il peut bien fabriquer, je m'en fous pas mal, tant qu'il ne se trouve pas sur mon chemin. » Les psychologues eux-mêmes ne s'accordent pas sur les conclusions à tirer d'une pareille remarque, émanant de tous les Mr. Strunk de la terre. Un fait subsiste : Mr. Strunk en personne, à en juger d'après une photographie de lui prise en tenue de football à l'Université, était ce que beaucoup appelleraient un joli mannequin.

Mais Mrs. Strunk, George en a la certitude, se permet avec douceur d'avoir une opinion différente de celle de son mari; car elle est formée à la nouvelle tolérance, la technique de l'anéantissement par la douceur. Elle brandit son manuel de psychologie : la cloche et le cierge ont cessé d'être nécessaires. Elle en psalmodie doucement des extraits, et entreprend d'exorciser l'innommable qui est en George. Aucune raison d'être dégoûté, aucun motif de condamnation, chantonne-t-elle. Rien ici de volontairement mauvais. Tout cela provient de l'hérédité, du milieu environnant de l'enfance (honte à ces mères possessives, à ces écoles britanniques où règne la ségrégation sexuelle!), d'un arrêt de développement à la puberté, ou des glandes. Nous avons affaire à un inadapté, à jamais privé du meilleur de l'existence, plus à plaindre qu'à blâmer. Certains cas, pris suffisamment jeunes, peuvent *parfois* être guéris. Quant au reste... ah! quel dommage! Surtout quand ça arrive, comme il nous faut bien reconnaître que ça arrive, à des gens vraiment méritants, des gens qui auraient pu tellement apporter! (Même quand ce sont des génies malgré ça, leurs chefs-d'œuvre en sont invariablement *pervertis.*) Aussi, il faut être compréhensifs, n'est-ce pas, et nous rappeler qu'après tout il y a bien eu les Grecs (mais là, c'était un peu différent, car il s'agissait de païens plutôt que de névrosés). Allons même plus loin : disons que ce type de relation peut quelquefois être presque beau — surtout si l'un des partenaires est déjà mort; ou, mieux encore, les deux.

Combien Mrs. Strunk aurait de plaisir à s'attrister sur Jim! Mais, haha! elle ne sait pas; aucun d'entre eux ne sait. C'est arrivé dans l'Ohio, et les journaux de Los Angeles n'ont point publié la nouvelle. George a simplement répandu que les parents de Jim, qui prennent de l'âge, tâchaient depuis quelque temps de le convaincre de revenir vivre avec eux, et que désormais, à la suite de son récent séjour auprès d'eux, il resterait dans l'Est en permanence. Ce qui est une vérité d'Evangile. Quant aux animaux, ces diaboliques souvenirs vivants, George a dû les faire disparaître immédiatement; il ne pouvait même supporter l'idée de les savoir quelque part dans le voisinage. Aussi, quand Mrs. Garfein a demandé s'il voulait vendre l'oiseau mynah, a-t-il répondu qu'il avait expédié tout le lot à Jim. C'est un marchand de San Diego qui les a emportés.

Maintenant, en réponse aux questions de Mrs. Strunk et des autres, George dit que, justement, il vient de recevoir des nouvelles de Jim, et que Jim va bien. Les questions se font de plus en plus rares. En vérité, ils manquent beaucoup de curiosité.

Mais là où votre livre se trompe, Mrs. Strunk, se dit

George, c'est quand il vous raconte que j'ai trouvé en Jim le substitut d'un fils véritable, d'un petit frère véritable, d'un mari véritable, d'une femme véritable. Jim n'était le substitut de rien. Et il n'existe pas de substitut à Jim, nulle part, permettez-moi de vous le dire.

Votre exorcisme a échoué, chère Mrs. Strunk, se dit George, accroupi sur le siège des cabinets et guettant depuis son repaire pour la regarder vider la poussière de son aspirateur dans la boîte aux ordures. L'innommable subsiste; au beau milieu de vous.

Bon Dieu de bon Dieu! Le téléphone.

La plus grande longueur de fil que le service du téléphone accepte de vous fournir n'arrive pas jusqu'à la salle de bains. George se lève et gagne le bureau en traînant les pieds, comme un concurrent de course en sac.

— Allô.

— Allô... c'est bien... c'est *toi,* Geo?

— Salut, Charley.

— Dis-moi, je ne t'appelle pas trop tôt, au moins?

— Mais non. (Seigneur, voilà qu'elle a déjà réussi à le mettre à rebrousse-poil! Et pourtant, comment lui en vouloir de l'inconfort d'être planté là, sans s'être essuyé, le pantalon aux chevilles? Il faut toutefois reconnaître que Charlotte a véritablement le chic pour appeler au mauvais moment.)

— Tu es sûr?

— Mais oui, je suis sûr. J'ai déjà pris mon petit déjeuner.

— J'avais peur, si j'attendais plus longtemps, que tu ne sois parti pour la Fac... Mon Dieu, je ne m'étais pas aperçue qu'il était si *tard*! Tu ne devrais pas être déjà parti?

— C'est le jour où je n'ai qu'un seul cours. Il ne commence pas avant onze heures et demie. Les jours où je pars de bonne heure sont le lundi et le mercredi. (Tout cela expliqué sur un ton de patience un peu appuyé.)

— Bien sûr, où avais-je la tête? Je suis stupide. J'oublie *toujours*.

(Un silence. George sait qu'elle veut lui demander quelque chose. Mais il refuse de l'aider. Ses gaffes le mettent de mauvais poil. Pourquoi diable sous-entend-elle qu'elle *devrait* connaître son horaire à la Fac? Encore un exemple de son caractère possessif. Et pourquoi, si elle croit vraiment qu'elle devrait le connaître, pourquoi mélange-t-elle tout?)

— ...Geo... (très humble :) est-ce que *par chance* tu serais libre ce soir?

— Je crains bien que non. Non. (Une seconde avant d'ouvrir la bouche, il ne savait pas ce qu'il allait répondre. C'est l'accent désespéré de la voix de Charlotte qui l'a décidé. Il n'est pas d'humeur à essuyer l'une de ses crises.)

— Ah... je comprends... Je craignais que tu ne le sois pas. Je m'y prends bien tard, je le sais. (Elle paraît presque anéantie, très silencieuse, désespérée. Il reste planté là, s'attendant à un sanglot. Il n'en vient aucun. Son visage se crispe en une grimace coupable et gênée — car il a de plus en plus conscience de sa souillure et de ses chevilles entravées.)

— ... Je suppose que tu ne pourrais pas... je veux dire... je suppose qu'il s'agit de quelque chose d'important?

— Je crains bien que oui. (La grimace de remords s'efface. Maintenant, il est furieux contre elle. Il ne veut pas l'avoir toujours sur le dos.)

— Je comprends... Allons, tant pis. (Elle est brave, maintenant.) J'essaierai de nouveau dans quelques jours, tu veux?

— Bien sûr. (Ah... pourquoi ne pas être un peu plus

gentil, maintenant qu'elle a été remise à sa place?) Ou c'est moi qui te rappelle.

(Un silence.)

— Eh bien... au revoir, Geo.

— Au revoir, Charley.

Vingt minutes plus tard, Mrs. Strunk, en train d'arroser ses hibiscus sur sa véranda, le regarde traverser le pont en marche arrière. (Maintenant, le pont s'affaisse dangereusement. Elle espère qu'il va le faire réparer; l'un des enfants pourrait se blesser.) Tandis qu'il effectue son demi-tour sur la rue, elle lui dit bonjour de la main. Il lui dit bonjour de la main.

Pauvre homme, songe-t-elle, vivre là tout seul! Il a l'air bien gentil.

C'est l'une des merveilles et des bénédictions du réseau de voies express de Los Angeles que l'on puisse aller maintenant de la plage à l'Université d'Etat de San Tomas en cinquante minutes, à cinq minutes près, au lieu des deux heures qu'il fallait passer, du temps de la lenteur, à lanterner de feu rouge en feu rouge pour traverser le quartier du centre et gagner ensuite la banlieue.

Les voies express donnent à George un sentiment de patriotisme. Il est fier de leur rapidité, du fait que les gens s'y perdent, et parfois même, pris de panique, soient obligés de gagner l'issue la plus proche. George aime les voies express, parce qu'il se sent encore capable de s'y débrouiller; parce que le fait de pouvoir s'y débrouiller prouve qu'il reste un membre actif de la société. Il peut encore *s'en tirer.*

(Comme tous ceux qui souffrent d'un complexe aigu

de culpabilité, George est hyperconscient de tous les arrêtés et ordonnances municipales, de toutes les lois et de tous les règlements mineurs. Songez au nombre d'ennemis publics numéro un qui se sont laissé prendre du simple fait d'avoir négligé de payer un ticket de stationnement! Pas une seule fois on n'a tamponné son passeport à une frontière, pas une seule fois un employé des postes n'a accepté son permis de conduire comme pièce d'identité sans qu'il se soit murmuré triomphalement à lui-même : « Les imbéciles... je les ai eus encore un coup! »)

Il les aura encore un coup ce matin là-dedans, au milieu de la folle course de chars métropolitains — Ben Hur y canerait sûrement —, en manœuvrant d'une voie à l'autre avec les meilleurs d'entre eux, en ne tombant jamais au-dessous de cent vingt dans la rapide voie de gauche, en ne se laissant jamais démonter lorsqu'un jeune fou s'accroche à ses basques, ou lorsqu'une femme (tout ça vient du fait de passer les premières aux portes) se rabat trop vite devant lui. Les flics, sur leur moto, ne détecteront rien encore qui les lance à sa poursuite en rugissant et en faisant clignoter leurs feux rouges, pour lui signaler d'avoir à se ranger sur le côté, hors du circuit, et de là l'escorter aimablement, mais on ne peut plus fermement, vers quelque maison de retraite merveilleusement tenue où les " personnes du troisième âge " (*vieux,* dans notre pays débonnaire, est devenu un mot presque aussi grossier que *nègre*) se voient faciliter l'accès à la sénilité, et réenseigner les jeux de leur enfance, à cette différence près : maintenant, cela s'appelle " récréation passive ". Mais bien sûr, qu'ils baisent, s'ils sont encore capables de tremper leur biscuit! Sinon, laissez-les se livrer sans inhibition à des jeux érotiques de bébés. Qu'ils se marient, même — à quatre-vingts, quatre-vingt-dix, cent ans —, qu'est-ce que ça peut faire? Tout pour les occuper et les empêcher de rôder en bloquant la circulation.

Il y a toujours un moment un peu désagréable à passer quand vous montez la rampe conduisant à la voie express, pour, comme on dit, « vous fondre dans le trafic ». George a la sensation agaçante, qu'un simple coup d'œil au rétroviseur ne saurait effacer, que de manière inexplicable, invisible, on va le tamponner par-derrière. Mais l'instant d'après, le voilà « fondu » et lancé, libre, à l'assaut de la longue pente facile, vers le sommet de la colline et la Vallée qui s'étend au-delà.

Maintenant, tandis qu'il conduit, c'est comme une sorte d'auto-hypnose. Nous voyons son visage se détendre, ses épaules se redresser, son corps se caler, bien à l'aise au fond du siège. Les réflexes prennent la relève; le pied gauche appuie, d'une pression égale et ferme, sur la pédale d'embrayage, cependant que le droit injecte prudemment l'essence. La main gauche repose, légère, sur le volant; la droite passe en grande vitesse avec précision. Les yeux, qui vont sans hâte de la route au miroir, et du miroir à la route, mesurent calmement les distances, devant, derrière, jusqu'à la plus proche voiture... En fin de compte, il ne s'agit pas d'une folle course de chars — c'est seulement l'impression que cela donne aux spectateurs ou aux novices inquiets —, mais d'un fleuve, coulant à pleins bords vers son embouchure avec un pouvoir apaisant. Rien à craindre, tant que vous vous laissez emporter; vous éprouvez même, au milieu du courant rapide, un sentiment d'indolence et de confort.

Et voici qu'il arrive à George quelque chose de nouveau. Son visage redevient tendu; les muscles de sa mâchoire saillent légèrement; sa bouche se serre et grimace, les lèvres dessinent une ligne farouche; les sourcils se froncent. Et pourtant, le reste du corps conserve une attitude de détente parfaite. De plus en plus il semble se dissocier, devenir une entité distincte : l'image du chauffeur impassible, anonyme, sans guère de volonté ni d'individualité propres, l'incarnation même de la coordination musculaire, de l'absence d'anxiété, du silence poli, en train de conduire son maître à son travail.

Et George, pareil au maître qui a confié la conduite de sa voiture à un serviteur, est maintenant libre de diriger ailleurs son attention. Tandis qu'ils franchissent le sommet de la colline, il devient de moins en moins conscient du monde extérieur : les voitures, tout autour, le plongeon de la voie express, devant, la Vallée avec ses maisons et ses jardins qui se creuse plus bas, sous une longue tache brune de brouillard enfumé au-delà et au-dessus de laquelle se dressent les hautes montagnes dénudées. Il est descendu profondément à l'intérieur de lui-même.

Que se passe-t-il?

En bordure de la plage, un énorme gratte-ciel insolent, qui contiendra une centaine d'appartements, est en train de pousser à l'intérieur de ses échafaudages; il bouchera la vue de la côte, depuis le parc en surplomb sur les falaises. En réponse aux critiques, un porte-parole de l'entreprise déclare : « Que voulez-vous, c'est le Progrès. » Et de toute manière, sous-entend-il, s'il y a des gens qui sont prêts à payer 450 dollars par mois pour avoir cette vue en louant nos appartements, pourquoi, vous autres usagers du parc (et George est de ceux-ci), l'auriez-vous gratis?

Le rédacteur en chef d'un journal local vient de lancer une campagne contre les déviants sexuels (il entend par là des gens tels que George). Ils sont partout, affirme-t-il; on ne peut plus entrer dans un bar, dans des toilettes pour hommes ou dans une bibliothèque publique, sans voir de hideux spectacles. Et tous, sans exception, ont la syphilis. Les lois qui existent contre eux sont bien trop douces, ajoute-t-il.

Un sénateur vient de prononcer un discours déclarant que nous devrions attaquer Cuba immédiatement, avec tous les moyens dont nous disposons, pour ne pas laisser bafouer la Doctrine de Monroe. Ledit sénateur ne nie pas que cela signifiera sans doute une guerre nucléaire. Nous devons l'accepter; sinon, c'est le déshonneur. Nous devons être prêts à sacrifier les trois quarts de notre population (dont George).

Il serait amusant, pense George, de se glisser la nuit dans ce gratte-ciel, juste avant l'emménagement des locataires, pour vaporiser tous les murs de toutes les pièces avec une substance odorante spécialement préparée, qui se remarquerait à peine au début mais dont la puissance augmenterait peu à peu jusqu'à la puanteur de cadavres en putréfaction. Pour s'en débarrasser, ils essaieraient tous les désodorisants connus de la science, mais en vain; et lorsqu'enfin, en désespoir de cause, ils auraient arraché plâtres et boiseries, ils s'apercevraient que les poutres elles-mêmes empestent. Ils abandonneraient les lieux comme les Khmers Angkor; mais leur puanteur augmenterait, augmenterait au point de se faire sentir sur toute la côte, jusqu'à Malibu. Si bien qu'en fin de compte, l'édifice entier devrait être démoli par des ouvriers portant des masques à gaz, réduit en poudre et jeté loin dans l'océan... A moins qu'il ne soit plus pratique de découvrir une espèce de virus qui s'attaque à la dureté du métal. Ça présenterait un avantage sur le produit odorant: une seule injection en un seul point suffirait car, ensuite, le virus rongerait tous les métaux du bâtiment. Puis, quand tout le monde aurait emménagé, au beau milieu d'une grandiose pendaison de crémaillère, l'édifice entier s'effondrerait, s'affalerait en un tas mou, emmêlé, pareil à des spaghetti.

Et ce rédacteur en chef, pense George, comme ce serait drôle de l'enlever, lui et son équipe rédactionnelle responsable des articles sur les déviants sexuels — et peut-être aussi le chef de la police, et celui de la brigade des mœurs, ainsi que les ministres qui ont soutenu la campagne, du haut de leurs tribunes —, pour les emmener tous dans un studio clandestin de films pornographiques où, après une petite séance de persuasion — il suffirait sans nul doute de leur montrer les pinces et le tisonnier chauffés au rouge —, ils exécuteraient tous les actes sexuels imaginables, par paires et par groupes, en donnant tous les signes du plus vif plaisir. Alors, on développerait le film, et on en expédierait des copies à toutes les salles de cinéma. Les complices de George chloroformeraient les ouvreuses pour les empêcher d'allumer les lumières, boucleraient les issues, maîtriseraient les projectionnistes, et feraient passer le film sous le titre : *Les Voluptés de l'avenir.*

Quant à ce sénateur, ne serait-il pas assez drôle de...

Non.

(Ici, nous voyons se froncer les sourcils plus violemment que jamais, et la bouche se serrer, farouche comme une lame de couteau.)

Non. Drôle n'est absolument pas le mot qui convient. Ces gens-là ne sont pas drôles. Il ne faut jamais les traiter avec drôlerie. Ils ne comprennent qu'un seul langage : la force brutale.

Aussi devons-nous lancer une campagne de terreur systématique. Pour être efficace, elle nécessitera une organisation d'au moins cinq cents tueurs et tortionnaires d'élite, tous individus fanatiques. Le cerveau de l'organisation dressera une liste d'objectifs simples, clairement définis, comme la suppression de ce gratte-ciel, la disparition de ce journal, le limogeage de ce sénateur. Ensuite, on leur réglera leur compte dans l'ordre; peu importe le temps que cela prendra ou le nombre des victimes. Dans chacun des cas, le principal coupable recevra d'abord un mot poli, signé " Oncle George ", expliquant exactement ce qu'il doit faire avant une certaine date limite, s'il tient à sa peau. On lui expliquera aussi qu'Oncle George opère d'après la théorie de la culpabilité par contamination.

Une minute après l'instant limite, la tuerie commencera. L'exécution du principal coupable sera retardée de quelques semaines ou de quelques mois pour lui permettre de réfléchir.

D'ici là, chaque jour on lui rafraîchira la mémoire. Par exemple, on enlèvera sa femme, on l'étranglera, on l'embaumera, on l'assiéra au salon dans l'attente de son retour du bureau. Ou bien il recevra la tête de ses enfants par paquets-poste, à moins que ce ne soient les bandes magnétiques des cris poussés par ses parents torturés jusqu'à ce que mort s'ensuive. Ou encore, on fera sauter durant la nuit le domicile de ses amis. Quiconque l'aura connu à un moment ou à un autre sera en danger de mort.

Quand l'organisation aura prouvé un nombre suffisant de fois son efficacité à cent pour cent, la population commencera lentement à s'apercevoir qu'il convient d'obéir sur-le-champ et sans discussion à la volonté d'Oncle George.

Mais Oncle George veut-il vraiment qu'on lui obéisse? N'aime-t-il pas mieux qu'on lui tienne tête afin de continuer de tuer et de tuer — puisque tous ces gens-là ne sont que de la vermine, et que plus il en meurt, mieux ça vaut? Ils sont tous, en dernière analyse, responsables de la mort de Jim : leurs paroles, leurs pensées, la totalité de leur mode de vie l'ont voulue, même s'ils ignoraient jusqu'à son existence. Pourtant, lorsque George descend en lui-même à cette profondeur, Jim ne compte plus guère. Jim n'est plus qu'une excuse qui lui permet de haïr les trois quarts de la population américaine... Les mâchoires de George s'activent, ses dents grincent, tandis qu'il rumine et rumine sa haine.

Mais George hait-il véritablement tous ces gens? Ne sont-ils pas eux-mêmes qu'une excuse à sa haine? Alors, en quoi consiste vraiment la haine de George? Elle est un stimulant — rien de plus; bien que déplorable pour sa santé, sans aucun doute. Fureur, ressentiment, bile : voilà en quoi consiste la vitalité du deuxième âge. Si nous disons que George est complètement fou à cet instant précis, alors il en doit aller de même pour une demi-douzaine au moins d'occupants des nombreuses voitures qui l'entourent et qui toutes ralentissent, maintenant que la circulation s'épaissit en descendant la colline, en passant sous le pont, en remontant plus loin... Seigneur! Déjà dans le centre! George remonte hébété à la surface; il s'aperçoit avec un choc que le personnage du chauffeur vient de battre un record : jamais auparavant il n'a réussi à le conduire aussi loin à lui tout seul. Ce qui soulève une inquiétante question : le chauffeur est-il en train de prendre une personnalité de plus en plus autonome? S'apprête-t-il à occuper des territoires beaucoup plus vastes, dans la vie de George?

Pas le temps de s'inquiéter de ça pour le moment. Dans dix minutes, on sera arrivé au campus; dans dix minutes, George devra être George : le George qu'ils ont nommé et sont disposés à reconnaître. Aussi, maintenant, s'applique-t-il consciemment à penser ce qu'ils pensent, à s'introduire dans leur humeur. Avec une adresse de vieux cabotin, il se fait rapidement le maquillage psychologique de ce rôle qu'il doit jouer.

A peine a-t-on quitté la voie express pour l'avenue San Tomas que l'on est de retour dans la Los Angeles miteuse, ensommeillée, flemmarde, des années trente, encore convalescente de la Crise, trop misérable pour faire la dépense d'être repeinte. Et quel charme elle possède! Ces montagnes russes de petites collines abruptes, aux maisons blanches en stuc craquelé, perchées en équilibre instable à leurs flancs et à leurs sommets, sont rendues étranges plutôt que laides par l'inextricable et fol enchevêtrement des fils télégraphiques. Ici habitent des Mexicains; aussi y a-t-il beaucoup de fleurs. Ici habitent des Noirs; aussi est-ce gai. Pourtant, George ne voudrait pas y demeurer car ils font tous brailler du matin au soir leurs postes de radio et de télévision. Mais jamais il ne se surprendrait à crier après leurs enfants; parce que ces gens ne sont pas l'Ennemi. Ils pourraient même être des alliés, à condition d'accepter George. Jamais ils ne figurent dans les fantasmes d'Oncle George.

Le campus de l'Université d'Etat de San Tomas est de l'autre côté de la voie express. Pour y accéder l'on traverse un pont, et l'on se retrouve à notre époque de destruction-reconstruction-destruction. Ici, les petites collines ont été emportées tout entières par camions, à moins que les bulldozers ne les aient décapitées, et que le paysage ne se trouve balafré de terrasses à vif. Par groupes, les habitations-dortoirs au toit bas (invariablement dénommées « résidences » et vantées comme témoignant d' « une conception nouvelle de l'existence ») sont mises en service dès qu'elles sont reliées aux égouts et aux lignes électriques. Dire qu'elles sont identiques serait une calomnie : certaines ont le toit brun, d'autres vert, et le carrelage de leurs salles de bains existe en plusieurs couleurs différentes. Les groupes ont leur individualité, eux aussi; chacun porte un nom distinct, du type dont les promoteurs ont le secret : les Arpents de ciel, Vista Grande, les Hauts de Grovenor.

L'épicentre de tous ces aménagements de pentes, de tout ce ramassage et transport de matériaux, de tous ces coups de marteaux, c'est le campus universitaire lui-même. On termine avec une hâte hystérique cette usine moderne bien propre, brique, verre et larges baies, déjà bâtie aux trois quarts. (Tel est le vacarme de la construction que, dans certaines salles de cours, les professeurs ont peine à se faire entendre.) Quand l'usine sera pleinement opérationnelle, elle pourra produire vingt mille étudiants diplômés. Mais, avant une décennie, elle devra en fournir quarante à cinquante mille. Aussi faudra-t-il tout redémolir, pour le reconstruire deux fois plus haut.

Néanmoins, on peut supposer qu'à ce moment-là, le

campus se trouvera coupé du monde extérieur par ses propres parkings, qui formeront alors une impénétrable forêt de voitures abandonnées, en désespoir de cause, par les étudiants lors des embouteillages à longueur de semaine du proche avenir. Aujourd'hui déjà, les parkings occupent la moitié de la surface du campus, et sont tellement bondés qu'il faut tournicoter de l'un à l'autre en quête d'un ultime petit espace. Ce matin, George a de la chance. Il y a de la place pour lui dans le parking le plus proche de sa salle. Il introduit dans la fente son permis de stationnement (prouvant indirectement par là qu'il est bien George); avec des saccades mécaniques, spasmodiques, la barrière se lève, et il entre.

Depuis quelque temps, George essaie de s'entraîner à reconnaître les voitures de ses élèves. (Il entreprend sans arrêt des programmes d'amélioration personnelle de ce genre; tantôt, ce sont des exercices de mémoire, tantôt un nouveau régime, tantôt le simple vœu de lire quelque illisible prix littéraire. Il est rare qu'il persévère bien longtemps.) Aujourd'hui, il a la satisfaction de pouvoir reconnaître trois voitures — sans compter l'auto-scooter que l'étudiant venu d'Italie, avec un courage ou un provincialisme qui frisent la démence, chevauche par monts et par vaux sur la voie express, comme s'il se trouvait sur la Via Veneto. Voici le coupé Ford cabossé, d'un blanc douteux, appartenant à Tom Kugelman, et à l'arrière duquel il a inscrit en caractères d'imprimerie *Blanchebeige.* Voici la Pontiac grise de crasse du jeune Sino-Hawaïen, avec, à la vitre arrière, une de ces plaisanteries sur papier collant : *Le seul isme auquel je croie, c'est l'expressionnisme abstrait.* En l'occurrence, il ne s'agit pas d'une plaisanterie, puisqu'il est réellement un peintre abstrait. (A moins qu'il ne s'agisse d'une blague au second degré?) En tout cas, il paraît incongru qu'un jeune homme d'une propreté aussi féline, ayant un aussi joli sourire de chat fourré, une peau aussi lisse et crémeuse, puisse faire des tableaux aussi sombres, aussi fangeux, ou posséder une voiture aussi répugnante. Il porte le superbe nom d'Alexander Mong. Et voici la MG écarlate, bien briquée, sans tache, conduite par Buddy Sorensen, le sauvage albinos aux yeux d'eau, étoile du basket-ball et porteur de l'insigne antibombe. George a aperçu Buddy qui le dépassait comme un éclair sur la voie express, en riant tout seul, comme si l'absurde petit bain de siège qu'il conduisait s'était emballé sous lui, et que ça lui était égal.

Voilà donc George arrivé. Il n'éprouve pas la moindre nervosité. A sa descente de voiture, il ressent une poussée d'énergie, d'impatience que la pièce commence. D'un pas élastique et plein d'ardeur, sur l'allée de gravier, il dépasse la Maison de la Musique en direction du Bureau du Département. Maintenant, il n'est plus qu'un acteur; un acteur qui, ayant quitté sa loge, monte en scène et traverse en hâte l'univers des coulisses : accessoires, projecteurs et machinistes, pour faire son entrée. Comédien consommé, calme, assuré, il s'arrête un instant bien minuté au seuil du bureau puis, hardiment, distinctement, avec l'intonation britannique aux modulations subtiles que son public exige de lui, il lance sa première réplique : « Bonjour! »

Et les trois secrétaires — dont chacune est dans son genre une actrice accomplie et charmante — le reconnaissent aussitôt, sans l'ombre d'un doute, et lui répondent : « Bonjour! » (Il y a là-dedans quelque chose de religieux, comme les répons à l'église; une réaffirmation de foi dans le dogme américain fondamental, qu'un jour est toujours *bon.* Bon malgré les Russes et leurs fusées, malgré tous les maux et tous les tourments de la chair. Parce que nous savons, bien sûr, n'est-ce pas, que ces Russes et que ces tourments ne sont pas vraiment réels? On peut les chasser et les effacer de son esprit. Ce qui permet de rendre bon le jour. Très bien, alors, il *est* bon.)

Au Département d'anglais, chaque enseignant, chaque

enseignante a son casier dans ce bureau, et tous ces casiers sont bourrés de papiers. Quelle manie de la communication! L'annonce de la plus insignifiante réunion de comité sur le plus insignifiant des sujets sera tapée et distribuée à des centaines d'exemplaires. Tout le monde est informé de tout. Après avoir jeté un coup d'œil à l'ensemble de ces papiers, George les met à la corbeille, sauf un : une carte oblongue, perforée de fentes et de coches et chiffrée par une machine IBM, exprimant l'identité universitaire de quelque pauvre bougre d'étudiant. De fait, cette carte *est* son identité. Imaginez que George, au lieu de la signer comme on le lui demande et de la retourner au Service du Personnel, la déchire? Aussitôt, l'étudiant en question cesserait d'exister aux yeux de l'Université d'Etat de San Tomas. Il deviendrait universitairement invisible et ne réapparaîtrait qu'au prix des plus grandes difficultés, après avoir accompli les rites propitiatoires les plus compliqués : offrandes innombrables de formulaires remplis en trois exemplaires et de déclarations sous serment aux dieux de l'IBM.

George signe la carte en la maintenant du bout de deux doigts. Même le contact de ces documents lui répugne, car ils constituent les ruines d'une magie imbécile, mais néanmoins puissante et funeste : la magie des dieux de la machine à penser, dont le culte comporte un dogme unique : « Nous ne pouvons commettre d'erreur. » Leur magie consiste en ceci que chaque fois qu'ils commettent effectivement une erreur, ce qui arrive très souvent, elle se perpétue et cesse par conséquent d'être une erreur... Tenant la carte par l'extrême pointe de l'angle, George la porte à l'une des secrétaires, qui la retournera au Service du Personnel. Sur le bureau de cette secrétaire, il y a une lime à ongles. George s'en empare en disant : « Voyons si ce vieux robot s'en apercevra », et fait mine de s'apprêter à percer un trou de plus dans la carte. La fille éclate de rire, mais seulement après un quart de seconde où son visage a exprimé une authentique terreur; et son rire lui-même est forcé. George vient de proférer un blasphème.

Assez content de soi, il quitte le Département, et se dirige vers la cafétéria.

Il commence à traverser l'assez vaste espace découvert qui forme le centre du campus, entouré de la Maison des Arts, du Gymnase, de la Maison des Sciences et de la Maison de l'Administration; on vient de le planter de gazon et de promesses de petits arbres qui devraient le rendre verdoyant, ombragé et agréable dans quelques années — c'est-à-dire au moment où l'on recommencera de tout démolir. L'air a une odeur piquante de brouillard enfumé; en langage indulgent : " irritation oculaire ". Les montagnes du massif San Gabriel — qui donnent encore à l'Université d'Etat de San Tomas un peu du prestige d'une université haut perchée sur un plateau des Andes, les rares jours où l'on peut les distinguer — sont aujourd'hui cachées comme d'habitude par les vapeurs d'un jaune bilieux qui s'élèvent du gâchis métropolitain, en bas.

Et maintenant, autour de George, venant à sa rencontre, croisant son chemin de toutes parts, voici la matière première mâle et femelle qui alimente quotidiennement l'usine, apportée par ces chaînes de montage que sont les voies express, pour être transformée, conditionnée, mise sur le marché. Des Noirs, des Mexicains, des Juifs, des Japonais, des Chinois, des Latins, des Slaves, des Nordiques : les têtes brunes l'emportent de beaucoup sur les blondes. Ils courent après leurs horaires, flânent en flirtant, déambulent en discutant avec animation, se murmurent quelque leçon pour eux seuls, tous chargés de livres et harassés.

Que croient-ils faire ici? Mon Dieu, il y a bien la réponse officielle : ils se préparent pour la vie, c'est-à-dire un job et la sécurité pour élever des enfants qui se prépareront eux-mêmes pour la vie, c'est-à-dire un job et la sécurité pour... Mais en dépit de toutes les orientations professionnelles, des brochures qui leur font miroiter l'argent à gagner grâce à une solide formation technique — la pharmacologie, mettons, ou la comptabilité, ou les débouchés variés qu'offre le vaste domaine de l'électronique —, fait assez incroyable, il en reste un bon nombre qui persistent à écrire des poèmes, des romans, des pièces de théâtre! Hébétés par le manque de sommeil, ils griffonnent dans les instants qu'ils parviennent à gratter entre les cours, le travail à temps partiel et la vie conjugale. Tandis qu'ils épongent une salle d'opération, trient du courrier dans un bureau de poste, préparent le biberon de Bébé, font cuire des hamburgers, des mots leur tourbillonnent dans la tête. Et quelque part au milieu de leur servitude à l'égard de ce qui doit être, la folie du ce-qui-pourrait-être leur chuchote de vivre, de connaître, d'éprouver... Quoi? Des *merveilles*! La *Saison en enfer*, le *Voyage au bout de la nuit, les Sept Piliers de la Sagesse, la Claire Lumière du Vide*... Y en aura-t-il parmi eux qui y parviendront? Bien sûr. Au moins un. Deux ou trois au plus — parmi tous ces milliers de chercheurs.

Ici, au milieu d'eux, George éprouve une espèce de vertige. Mon Dieu, qu'adviendra-t-il d'eux tous? Quelles sont leurs chances? Devrais-je leur crier à l'instant même, ici, que c'est sans espoir?

Mais George sait bien que c'est impossible. Parce qu'absurdement, inadéquatement, presque malgré lui, il est un représentant de l'espoir. Et cet espoir n'est pas trompeur. Non. Seulement, George ressemble à un homme qui, dans la rue, essaierait de vendre un vrai diamant pour une pièce de cinq cents. Le diamant est à l'abri de tous, sauf une infime minorité, parce que la grande majorité pressée ne s'arrêtera jamais pour oser croire que le diamant risque d'être vrai.

Devant la cafétéria, on annonce les activités estudiantines du moment : la Nuit des Squaws, le Pique-nique de la Toison d'or, la réunion de la Société civique, le prochain grand match. La publicité donnée à ces rites de la Tribu San Tomas n'est pas tout à fait convaincante : ils ne sont encouragés que par une minorité d'étudiants qui font du zèle. Le reste de ces garçons et filles ne se considèrent pas vraiment comme une tribu, bien qu'en certaines circonstances ils acceptent de faire semblant. En réalité, la seule chose qu'ils aient en commun, c'est leur impatience : le besoin d'en finir, de terminer ce devoir qui devrait être remis depuis trois jours. Quand George surprend une de leurs conversations, il s'agit presque toujours de ce qu'ils n'ont pas réussi à faire, de ce qu'ils craignent que le professeur ne leur fasse faire, de ce qu'ils ont pris le risque de ne pas faire, sans que ça leur retombe dessus.

La cafétéria est bondée. George, debout sur le seuil, promène un regard circulaire. Maintenant qu'il est un objet d'utilité publique, la propriété de l'Université d'Etat de San Tomas, il se trouve impatient de servir. Il a horreur de voir gaspiller ne fût-ce qu'une minute de lui-même. Il s'avance entre les tables avec un sourire engageant; un sourire de quarante watts, prêt à s'amplifier jusqu'à cent cinquante watts aussitôt que quelqu'un le voudra.

Et voici qu'à son soulagement il aperçoit Russ Dreyer, et que Dreyer se lève de sa table pour le saluer. Il guettait George, à n'en pas douter. Dreyer est devenu peu à peu l'aide de camp de George, son secrétaire, son garde du corps. Il s'agit d'un jeune homme anguleux, au visage mince, à la coupe de cheveux aplatie au sommet, aux lunettes sans monture. Il porte une chemise hawaïenne assez criarde qui, sur lui, a l'air d'une concession timide et guindée à la mode voyante des vêtements qui l'entourent. Son maillot de corps, que l'on aperçoit dans le V ouvert de son col déboutonné, est d'une netteté chirurgicale, comme toujours. Dreyer est un étudiant de la classe A dont l'homologue européen serait sans doute assez pète-sec. Mais Dreyer n'est nullement pète-sec. Il a un humour discret, et, en sa qualité d'ancien " Marine ", c'est un vrai dur. Une fois, il a raconté à George une soirée typique passée par lui et son épouse Marinette chez son copain Tom Kugelman et la femme de Tom. « Tom et moi, on s'est mis à se disputer à propos de *Finnegans Wake.* Ça a duré pendant tout le dîner. Alors les filles ont dit qu'elles en avaient plein le dos de nous écouter, et elles sont allées au ciné. Tom et moi, on a fait la vaisselle; il était dix heures, on discutait toujours, et aucun des deux n'avait convaincu l'autre. Aussi, on a pris de la bière dans le réfrigérateur, et on est sortis dans la cour. Tom y construit un hangar, mais il n'y a pas encore mis le toit. Alors, il a proposé un concours de tractions, et on s'est mis à en faire sur la traverse, au-dessus de la porte. Je l'ai battu par treize à onze. »

Cette histoire enchante George. D'un certain point de vue, elle évoque la Grèce antique.

— Bonjour, Russ.

— Bonjour, Monsieur.

Ce n'est pas la différence d'âge qui pousse Dreyer à appeler George « Monsieur ». Dès la fin de cette relation quasi militaire, il se mettra à dire « George », ou même « Geo », sans la moindre hésitation.

Ensemble, ils vont au percolateur, remplissent des tasses, choisissent des beignets au comptoir. Au moment où ils se tournent vers la caisse, Dreyer se faufile devant George avec la monnaie toute prête.

— ... Non... c'est mon tour, Monsieur.

— Mais vous payez toujours...

Dreyer sourit de toutes ses dents.

— Nous sommes pleins aux as, depuis que je fais travailler Marinette.

— Elle l'a eu, ce poste d'enseignante?

— Ça vient de se faire. Bien sûr, ça n'est que temporaire. Le seul chiendent, c'est qu'elle doit se lever une heure plus tôt.

— Ce qui vous oblige à préparer vous-même votre petit déjeuner?

— Oh! je me débrouille. Jusqu'à ce qu'elle trouve un job plus rapproché. Ou jusqu'à ce que je lui colle un gosse.

Cette conversation « entre hommes » avec George lui plaît visiblement. (Est-il au courant, à mon sujet? se demande George; y en a-t-il, parmi eux, qui soient au courant? Oh! oui, sans doute. Mais ça ne les intéresse pas. Ils ne veulent rien savoir de mes sentiments, de mes glandes, de tout ce qui se trouve plus bas que mon cou. Je pourrais tout aussi bien être une tête de décapité que l'on apporterait en classe dans un plat d'argent pour leur faire leur cours.)

— .... A propos, dit Dreyer, Marinette m'a chargé de vous demander, Monsieur... nous nous demandions si ça ne vous ennuierait pas trop de revenir à la maison, un de ces prochains jours? On pourrait faire des spaghetti. Et peut-être que Tom pourrait apporter cette bande magnétique dont je vous parlais : celle qu'il a eue à l'audio-visuel de Berkeley, où Katherine Ann Porter lit son truc...

— J'en serais ravi, répond George, d'un ton vague mais enthousiaste.

Il jette un coup d'œil à la pendule.

— ... Dites donc, il serait temps d'y aller!

Le vague de sa réponse ne décourage pas Dreyer le moins du monde. Sans doute ne désire-t-il pas plus avoir George à dîner que George ne désire y aller. Tout ça est purement symbolique. Marinette lui a dit de poser la question, il l'a posée, et maintenant, il a enregistré que George a accepté, pour la seconde fois, une invitation à dîner chez eux. Ce qui veut dire que George est un intime et qu'on pourra le citer, dans les années à venir, comme ayant fait partie de leur petit cercle du bon vieux temps. Oh oui, les Dreyer feront loyalement de leur mieux pour assurer une place à George parmi les chers vieux casse-pieds d'antan. George se représente à merveille une de ces soirées, dans les années mil-neuf-cent-quatre-vingt-dix, où Russ sera doyen d'un Département d'anglais du Middle West, et Marinette, mère de fils et de filles adultes. Un auditoire de jeunes chargés de cours et de leurs épouses, recevant symboliquement le Dr. et Mrs. Dreyer, sera symboliquement ravi que le Doyen soit d'humeur anecdotique, musardant et bafouillant avec un sourire hébété à travers un dédale d'histoires interminables et sans intérêt où George et beaucoup, beaucoup d'autres auront un rôle à jouer, et tiendront des propos qu'ils n'ont jamais tenus. Quant à Marinette, assise avec un perpétuel sourire, elle prêtera une oreille distraite — une oreille qui n'entend pas cela pour la première fois —, en formant des vœux pour qu'il soit bientôt onze heures. Et onze heures sonneront. Et tout le monde s'accordera pour affirmer que la soirée a été mémorable.

En route vers la salle de cours, Dreyer demande à George son avis sur ce qu'a dit de Sir Charles Snow le Dr. Leavis. (Ces pauvres dinosaures, si lointains, et leurs combats d'un autre âge sont encore ici, dans ce royaume de la Belle au bois dormant, d'une actualité brûlante.)

— Eh bien, avant tout..., commence George.

En cet instant, ils passent devant les courts de tennis. Un seul court est occupé, par deux jeunes hommes qui jouent en simple. Le soleil, soudain féroce, a percé le voile de brume enfumée, et tous deux sont presque nus. Ils ne portent que des chaussures de gym en caoutchouc et des shorts en tricot de type cycliste, très courts et très collants, qui leur moulent les fesses et les reins. Ils ne prêtent pas la moindre attention aux passants, isolés qu'ils sont dans l'intensité de leur jeu.

On croirait qu'aucun filet ne les sépare. Leur nudité les fait paraître proches l'un de l'autre et directement affrontés, corps à corps, comme des lutteurs. Pourtant, si lutte il y avait, elle serait inégale, car le garçon de gauche est de beaucoup le plus petit. Mexicain peut-être, il a les cheveux noirs, il est beau, félin, cruel, ramassé, souple, musclé; ses mouvements de jambes sont rapides et gracieux. Son corps est d'un brun naturel d'or sombre; à la poitrine, au ventre, aux cuisses, une toison noire et bouclée. Il joue dur et vite avec une maîtrise cruelle en découvrant ses dents blanches, sans sourire, tandis qu'il écrase la balle au sol. C'est lui qui va gagner. Son adversaire, le grand garçon blond, le sait déjà; il se défend avec une vaillance touchante. Il y a dans sa beauté une telle douceur naturelle! Il est si noblement bâti! Pourtant, son corps classique, en marbre blanc, paraît constituer pour lui un handicap. Les règles du jeu l'empêchent de fonctionner. Dans la lutte, il est désavantagé sans recours. Il devrait envoyer promener sa raquette inutile, franchir d'un bond le filet, et soumettre à sa force marmoréenne le cruel petit chat doré. Mais non, au contraire, le garçon blond accepte les règles, se laisse lier par elles, subira la défaite et l'humiliation plutôt que de les enfreindre. Sa stature et sa blondeur impuissantes lui donnent un air de chevalier du temps jadis. Il se battra loyalement, il sera tout à fait beau joueur, jusqu'à ce qu'il ait perdu la partie. Et n'en ira-t-il pas ainsi pour lui toute sa vie? Ne se laissera-t-il pas sans cesse entraîner dans le type de jeu qui ne lui convient pas, dans le type de jeu qu'il n'est pas fait pour jouer, contre un adversaire vif, rusé, sans merci?

Il s'agit là d'un jeu cruel, mais d'une cruauté sensuelle, qui suscite chez George une excitation violente. Ces réactions sensorielles si ardentes lui donnent un frisson de plaisir; trop souvent, de nos jours, elles semblent si lamentablement émoussées! De tout son cœur, il rend grâce à ces jeunes animaux d'être aussi beaux. Ils ne sauront jamais en quoi ils ont rendu cet instant magnifique aux yeux de George, et la vie elle-même un peu moins odieuse...

Dreyer est en train de dire :

— Pardonnez-moi, Monsieur... mais je ne vous suis plus. Je comprends, bien sûr, en ce qui concerne les Deux Cultures... mais voulez-vous dire que vous êtes *d'accord* avec le Dr. Leavis?

Loin de s'intéresser le moins du monde aux joueurs de tennis, Dreyer, en marchant, se détourne d'eux à demi, pour fixer toute son attention sur la tête de George, qui parle.

Car, force est de l'admettre, elle *parlait.* George s'en rend compte avec le même sentiment de déconvenue qu'il éprouvait sur la voie express, quand le personnage du chauffeur les avait conduits en plein centre. Bien sûr, il sait par expérience de quoi la tête qui parle est capable, tard dans la soirée, lorsqu'il s'ennuie, lorsqu'il est ivre et fatigué, pour l'aider à venir à bout d'une réception assommante. Elle est capable de débiter par cœur toutes les théories préférées de George — tant qu'on ne la contredit pas; sinon, elle risque de s'embrouiller. Elle connaît au moins trois douzaines de ses meilleures anecdotes. Mais *ici,* en plein jour, pendant les heures de travail, alors que George devrait se trouver à toute seconde en représentation, entièrement maître de son rôle!... Est-il possible que la tête qui parle et le chauffeur soient de mèche? *Auraient-ils l'intention de fusionner ensemble?*

— Nous n'avons vraiment pas le temps de discuter de tout ça pour le moment, répond-il avec douceur à Dreyer. Et de toute façon, je voudrais relire le texte de Leavis. Je dois avoir encore quelque part, chez moi, ce numéro du *Spectator...* Oh! à propos, vous avez lu cet article sur Mailer, il y a un mois environ... dans *Esquire,* si je ne me trompe? C'est une des meilleures choses que j'aie lues depuis longtemps...

La longue paroi latérale de la salle de George a deux portes : l'une sur le devant, l'autre au fond. La plupart des étudiants entrent par le fond car, avec une obstination moutonnière qui met George en fureur, ils adorent s'entasser de manière à affronter leurs professeurs de derrière le bastion des sièges vides. Or, ce semestre, les effectifs de la classe correspondent presque à la capacité de la salle. Aussi les retardataires sont-ils forcés de s'asseoir de plus en plus en avant, à l'ironique satisfaction de George; en fin de compte, ils doivent occuper le second rang. Quant au premier, que la majorité d'entre eux évitent avec une telle opiniâtreté, George est en mesure de le remplir avec ses fidèles : Russ Dreyer, Tom Kugelman, sœur Maria, Mr. Stoessel, Mrs. Netta Torres, Kenny Potter, Lois Yamaguchi.

Jamais George ne fait son entrée dans la salle avec Dreyer, ni aucun autre élève. Un instinct dramatique profondément enraciné le lui interdit. En réalité, son bureau ne lui sert qu'à cela : c'est un endroit où se retirer avant son cours, à seule fin d'en ressortir pour effectuer son entrée. Il n'y reçoit pas d'étudiants car au moins deux membres du corps enseignant se partagent ces bureaux, et le Dr. Gottlieb, qui enseigne les Poètes métaphysiques, s'y trouve presque toujours. George est incapable de s'entretenir avec un autre être humain comme s'ils étaient tous deux seuls, alors qu'en fait ils ne le sont pas. Même une question aussi innocente que : « Donnez-moi votre opinion *sincère* sur Emerson » revêt un caractère d'indécente intimité, et une critique aussi bénigne que : « Votre métaphore est incohérente et n'a aucun sens », un caractère inutilement cruel, quand le Dr. Gottlieb se trouve ici à l'autre bureau, en train d'écouter, ou, pire encore, de faire semblant de ne pas écouter. Mais de toute évidence, Gottlieb ne partage pas ce point de vue. Peut-être s'agit-il d'un scrupule typiquement britannique.

Aussi maintenant, quittant Dreyer, George pénètre-t-il

dans le bureau, situé de l'autre côté du hall d'entrée. O miracle, Gottlieb n'y est point. George jette un coup d'œil par la fenêtre, entre les lames des stores vénitiens, et voit, au loin, les deux joueurs de tennis toujours en action. Il s'éclaircit la voix, feuillette l'annuaire du téléphone sans le regarder, ferme le tiroir vide de son bureau que l'on a entrouvert. Puis brusquement il se détourne, prend sa serviette de cuir dans le placard, sort du bureau, et se rend à la salle de cours.

Son entrée est aussi peu théâtrale que possible, si l'on s'en tient aux critères conventionnels. Et pourtant, il s'agit d'un effet subtilement voulu, d'un cabotinage outrancier. A l'entrée de George, aucun silence ne se fait. La plupart des étudiants continuent de bavarder comme si de rien n'était. Mais tous l'observent, dans l'attente d'un signe de lui, si léger soit-il, indiquant le début du cours. Il en résulte une tension subtile, mais qui ne cesse d'augmenter, tension provoquée par le refus taquin de George de faire ce signe, et, en retour, par la résolution des élèves de ne pas cesser de parler tant qu'il ne l'aura point fait.

Cependant, il reste là, debout. Lentement, délibérément, comme un prestidigitateur, il sort un livre unique de sa serviette, et le dispose sur le pupitre. Ce faisant, il parcourt du regard les visages de l'assistance. Ses lèvres s'incurvent en un sourire léger, mais hardi. Quelques-uns d'entre eux lui rendent son sourire. George trouve extraordinairement stimulante la franchise de ce face à face. Ces sourires, ces jeunes yeux vifs, lui donnent des forces. Pour lui, c'est l'un des sommets de la journée. Il se sent brillant, plein de vitalité, entreprenant, un peu mystérieux et surtout *étranger.* Ses vêtements foncés, nets, sa chemise blanche et sa cravate (la seule cravate de la salle), tranchent complètement sur le laisser-aller d'une virilité agressive des jeunes étudiants masculins. La plupart de ceux-ci portent des chaussures de basket et des socquettes de laine blanche, des jeans quand il fait froid, et, quand il fait chaud, des shorts (du type bermuda, moulant les cuisses; le modèle court, plus seyant, passe pour un peu indécent). S'il fait vraiment très chaud, ils retroussent leurs manches, et, parfois, provocants, gardent leur chemise déboutonnée sur une toison bouclée et une médaille de saint Christophe. Ils semblent prêts à tout moment à passer des études au forage de fossés ou aux combats de gangs. Ils ont l'air de simples gosses mal dégrossis en comparaison des filles; car ces dernières ont toutes dépassé leur phase adolescente de pantalons, de chemises mal fichues et de têtes rendues monstrueuses par une tignasse crêpelée. Il s'agit de femmes adultes, qui viennent au cours habillées comme pour une réception dans le grand monde.

Ce matin, George constate que tous ses fidèles du premier rang se trouvent là. Dreyer et Kugelman sont les seuls qu'il ait effectivement priés de remplir le vide en s'y asseyant; les autres ont à cela leurs raisons particulières. Pendant que George fait son cours, Dreyer le contemple avec une attention encourageante; et pourtant, George sait bien qu'il n'impressionne pas vraiment Dreyer. Pour Dreyer, George restera toujours un universitaire amateur; ses diplômes, sa formation sont britanniques, et par conséquent suspects. George n'en est pas moins le Patron, le Vieux; et Dreyer, en soutenant son autorité, soutient l'échelle de valeurs à quoi lui-même se propose de grimper. Aussi désire-t-il que George brille pour impressionner les profanes — c'est-à-dire tous les autres élèves de la classe. Le drôle, c'est que Dreyer, avec la conscience sans tache que lui confère son loyalisme absolu, s'estime libre de chuchoter dans l'oreille de Kugelman, son propre lieutenant, toutes les fois que ça lui chante. Quand cela se produit, George a envie de s'interrompre afin d'écouter ce qu'ils disent de lui. D'instinct, George est sûr que jamais, pour un empire, Dreyer ne parlerait de quelqu'un d'autre que lui durant le cours; *ça,* ce serait mal élevé.

Sœur Maria appartient à un ordre enseignant. Bientôt, elle aura son diplôme pour enseigner elle-même. Elle est, sans aucun doute, une brave jeune personne assez quelconque, peu imaginative et qui travaille dur : sans aucun doute aussi, elle s'assied au premier rang pour mieux se concentrer, peut-être même parce qu'elle s'intéresse encore un peu aux garçons, et veut éviter de les regarder. Mais en présence d'une religieuse, la plupart des gens perdent leur sens des proportions; et George, ainsi placé tout près de cette épouse du Christ en son inflexible habit médiéval, se surprend à être inquiet, sur la défensive. Enrôlé malgré lui dans les légions infernales, il affronte ce soldat du Ciel en une guerre froide excessivement courtoise. Il ne peut lui dire une seule phrase sans l'appeler « ma sœur », ce qui est sans doute exactement ce qu'il ne faut pas faire.

Mr. Stoessel s'assied au premier rang parce qu'il est sourd, entre deux âges, et vient d'arriver d'Europe, ce qui fait que son anglais est abominable.

Mrs. Netta Torres est, aussi, entre deux âges. Elle paraît suivre ces cours par simple curiosité, ou pour s'occuper. Elle a l'air d'une divorcée. Elle s'assied au premier rang parce que son intérêt se concentre franchement et brutalement sur George en tant que George. Plutôt qu'elle ne l'écoute, elle le regarde. Elle semble même « lire » indirectement ses paroles, grâce à un genre de braille formé de ses gestes, de ses inflexions, de ses tics. Et cet examen quasi tactile s'accompagne d'un sourire maternel; car, aux yeux de Mrs. Torres, George n'est en réalité qu'un petit garçon, et si mignon! Ah, que George aurait plaisir à l'épingler, à la décourager d'assister à ses cours en lui donnant de mauvaises notes! Hélas, c'est impossible. Mrs. Torres écoute aussi bien qu'elle regarde; elle est en mesure de répéter mot pour mot ce qu'il a dit.

Kenny Potter s'assied au premier rang parce qu'il est,

comme on dit aujourd'hui, dingue, ce qui signifie uniquement qu'il a tendance à faire le contraire de ce que font la plupart des gens; non par principe, toutefois, et sûrement point par agressivité. Il a sans doute l'esprit trop confus pour remarquer les us et coutumes de la tribu, et, de toute manière, il est trop paresseux pour s'y conformer. Il s'agit d'un grand garçon osseux, aux larges épaules voûtées, aux cheveux d'or rouge, à la tête petite, aux petits yeux d'un bleu vif. Il serait conventionnellement beau, n'était son nez en bec d'aigle; mais c'est un nez sympathique, un vaste organe plein d'humour.

George a une conscience quasi constante de la présence de Kenny dans la salle; mais cela ne veut pas dire qu'il considère Kenny comme un allié. Fichtre non : il n'est jamais sûr de Kenny. Parfois, quand George fait une plaisanterie et que Kenny émet son rire guttural, un peu fou, George a le sentiment que c'est lui qui l'a fait rire. D'autres fois, quand le rire se déclenche avec une fraction de seconde de retard, George éprouve l'impression irréelle que Kenny rit non pas de la plaisanterie, mais de la situation tout entière : du système éducatif de ce pays, de toutes les forces économiques, politiques et psychologiques qui les ont réunis dans cette salle de cours. A ces moments-là, George soupçonne Kenny d'avoir accès aux arcanes de l'existence; d'être, en réalité, une espèce de génie. (Ce que ne laisseraient sûrement point deviner ses notes trimestrielles.) Répétons qu'il n'est peut-être qu'un peu en retard pour son âge, d'un charme trompeur, et stupide.

Lois Yamaguchi s'assied à côté de Kenny parce qu'elle est sa petite amie; du moins sont-ils presque toujours ensemble. Elle sourit à George d'une façon qui lui fait se demander si elle et Kenny ne se moquent pas de lui entre eux; mais avec ces sphinx d'Asiatiques, allez savoir! Alexander Mong a, lui aussi, un sourire de sphinx, bien que sa tête magnifique ne contienne presque sûrement qu'un cloaque de peinture à l'huile. Lois et Alexander sont de loin les êtres les plus beaux de la classe; leur beauté ressemble à celle des plantes, apparemment innocente de toute vanité, angoisse ou effort.

Pendant ce temps, la tension s'est accrue. George a continué de sourire aux bavards, et de garder son merveilleux silence provocant, mélodramatique. Et voici qu'enfin, au bout de presque quatre longues minutes, son silence les a vaincus. Les bavardages s'éteignent. Ceux qui ont déjà cessé de parler font taire les autres. George a triomphé. Mais son triomphe est de courte durée. Car, maintenant, il lui faut rompre son propre charme; maintenant, il doit rejeter son mystère et se révéler sous l'aspect de cette quantité négligeable : un professeur — que la classe doit écouter, qu'il radote, bégaie ou parle la langue des dieux, ça n'a rien à voir. Si la classe doit écouter George, c'est qu'en vertu des pouvoirs qui lui sont conférés par l'Etat de Californie, il peut la contraindre à prendre au sérieux ses préjugés les plus grossiers, ses caprices les plus irresponsables, comme autant de solutions précieuses à ce problème : comment faire impression sur cette vieille baderne tracassière, comment la flatter ou la filouter pour qu'elle me donne une bonne note?

Hélas! oui, il faut maintenant tout gâcher. Maintenant, il faut parler.

— Après maints étés *meurt* le cygne.

George roule ces mots sur sa langue d'un ton si cabotin, avec une délectation si éhontée, que l'on dirait une parodie de W. B. Yeats en train de déclamer. (Il appuie fortement sur *meurt* afin de compenser le *Et* qu'Aldous Huxley a retranché du début du vers original.) Puis, ayant réussi à faire sursauter ou à embarrasser au moins quelques-uns de ses élèves, il promène sur l'assistance un regard circulaire accompagné d'un large sourire ironique, et poursuit doucement, d'un ton de maître d'école :

— ... Je suppose que vous avez maintenant tous lu le roman de Huxley, puisque je vous ai priés de le faire il y a plus de trois semaines?

Du coin de l'œil, il remarque la consternation manifeste, qui n'a rien de surprenant, de Buddy Sorensen, et le haussement d'épaules indigné, signifiant « première nouvelle! », d'Estelle Oxford, ce qui est plus grave. Estelle est l'une de ses plus brillantes élèves. Il semble que cette qualité même la rende plus consciente de sa négritude que les autres élèves de couleur; en fait, elle est écorchée vive. George la soupçonne de soupçonner chez lui toutes sortes de discriminations subtiles. Elle ne devait pas être là quand il leur a demandé de lire le roman. Bon sang! il aurait dû s'en apercevoir, et le lui dire ensuite. Elle l'intimide un peu. De plus, il l'aime bien, et cette histoire le contrarie. De plus encore, il s'en veut d'éprouver tout cela.

— ...Eh bien, reprend-il aussi gentiment qu'il le peut, s'il y en a parmi vous qui ne l'ont pas encore lu, ça n'est pas terrible. Contentez-vous d'écouter ce qui se dira ce matin; après quoi, vous le lirez pour voir si vous êtes d'accord ou non.

Il regarde Estelle en souriant. Elle lui rend son sourire. Tout ira donc bien pour cette fois.

— ...Ce titre est, naturellement, une citation du poème de Tennyson, *Tithonos*. A propos... qui donc était ce Tithonos?

Un silence. George promène son regard d'un visage à l'autre. Nul ne le sait. Dreyer lui-même l'ignore. Et, mon Dieu, comme c'est révélateur! Tithonos ne les concerne pas car il se trouve à deux crans de leur sujet : Huxley, Tennyson,

Tithonos. Ils sont disposés à aller jusqu'à Tennyson, mais non à faire un pas de plus. Là s'arrête leur curiosité. Parce qu'au fond, *ils s'en foutent comme de l'an quarante*...

— ...Vous voulez dire *sérieusement* qu'aucun d'entre vous ne sait qui était Tithonos? Qu'aucun d'entre vous ne s'est donné la peine de chercher? Eh bien, dans ce cas je vous conseille à *tous* de consacrer une partie de votre fin de semaine à lire *Les Mythes grecs,* de Graves, *et* le poème lui-même. Je dois avouer que je ne vois pas comment l'on peut faire semblant de s'intéresser à un roman sans même se demander ce que son titre signifie.

Cette explosion de mauvaise humeur consterne George, à peine l'a-t-il laissé échapper. Seigneur, c'est vrai qu'il devient mauvais! Et le pire, c'est qu'il ne sait jamais quand ça va le prendre. Il n'a pas le temps de se retenir. Penaud, maintenant, et en évitant leur regard à tous — en particulier celui de Kenny Potter —, il attache le sien très haut sur le mur du fond.

— ...Eh bien, pour commencer par le commencement, Aphrodite, un jour, surprit son amant Arès entre les bras d'Eos, la déesse de l'Aurore. (Vous auriez intérêt à les vérifier *tous,* pendant que vous y êtes.) Aphrodite était furieuse, comme il se doit; aussi condamna-t-elle Eos à se toquer à l'avenir de jeunes et beaux mortels — pour lui apprendre à ne plus s'attaquer aux dieux des autres.

(Ici, un petit rire dans l'auditoire; George respire : il avait craint qu'offensé par sa mercuriale, on ne le boudât.) Sans encore baisser les yeux, il poursuit avec, dans la voix, un large sourire :

— ...Eos en fut affreusement gênée; mais c'est bien simple, elle ne pouvait se retenir; aussi commença-t-elle d'enlever pour les séduire les plus beaux jeunes gens de la terre. Tithonos était l'un d'eux. A la vérité, elle prit par-dessus le marché son frère Ganymède — pour faire la paire...

(Rires plus sonores, de plusieurs points de la salle, cette fois.)

— ... Hélas! Zeus aperçut Ganymède, et en tomba éperdument amoureux.

(Si ça choque sœur Maria, tant pis. Ce n'est pourtant pas elle que George regarde, mais Wally Bryant — sur lequel son opinion est faite; bien entendu, Wally boit du petit-lait.)

— ...C'est pourquoi, sachant que de toute manière il lui faudrait renoncer à Ganymède, Eos demanda à Zeus, en échange, s'il accepterait de rendre Tithonos immortel. « Bien sûr, pourquoi pas? » lui répondit Zeus. Et il le fit. Mais Eos était si bête qu'elle oublia de le prier d'accorder aussi la jeunesse éternelle à Tithonos. Soit dit en passant, ça aurait pu se faire sans difficulté; Séléné, la déesse de la Lune, avait arrangé ça pour son petit ami Endymion. Le seul ennui, en l'occurrence, c'est que Séléné ne voulait que des baisers, alors qu'Endymion avait d'autres idées en tête; aussi l'endormit-elle d'un sommeil éternel, pour le faire tenir tranquille. Or, ça n'est pas bien amusant de rester beau dans les siècles des siècles, quand on ne peut même pas se réveiller pour se regarder dans une glace.

(Maintenant, presque tout le monde sourit — oui, même sœur Maria. George rayonne. Il a une telle horreur des ennuis!)

— ...Où en étais-je? Ah oui... alors, le pauvre Tithonos tomba peu à peu dans une immortalité repoussante...

(Gros rire.)

— ...Quant à Eos, avec le manque de cœur qui caractérise les déesses, elle se lassa de lui et l'enferma à triple tour. Il devint de plus en plus gaga, sa voix se fit de plus en plus stridente, au point que brusquement, un beau jour, il se transforma en cigale.

Cette chute est d'une faiblesse lamentable. George n'en espérait aucun effet, et il n'y en a pas. Mr. Stoessel, éperdu d'incompréhension, en appelle à Dreyer avec des chuchotements désespérés. Dreyer, en réponse, lui chuchote des explications qui provoquent d'autres malentendus. Mr. Stoessel, ayant enfin pigé, s'exclame : « Ach *so...* eine *Zikade!* » sur un ton plein de reproche, qui sous-entend que c'est George et le monde anglo-américain tout entier qui prononçaient mal ce mot. Mais voici que George a pris un nouveau départ; et il change d'attitude. Il ne leur fait plus la cour, il ne les amuse plus; il les informe, d'un ton brusque, autoritaire. C'est la voix d'un juge, résumant les débats à l'intention du jury.

— Les raisons générales qui ont poussé Huxley à choisir ce titre sautent aux yeux. Toutefois, il faudra vous demander dans quelle mesure il s'applique en détail aux circonstances de l'intrigue. Ainsi, l'on peut admettre que le cinquième comte de Gonister correspond à Tithonos, et il finit transformé en singe, tout comme Tithonos était métamorphosé en insecte. Mais Jo Stoyte? Et le Dr. Obispo? Il ressemble beaucoup plus au Méphistophélès de Gœthe qu'à Zeus. Et qui est Eos? Pas Virginia Maunciple, certes? Et d'abord, je suis persuadé qu'elle ne se lève pas assez tôt.

Cette pointe passe inaperçue. Il arrive encore à George, en dépit de toute son expérience, de gaspiller ses astuces en les prononçant entre ses dents, à la mode anglaise. Un peu vexé par son échec, il poursuit d'un ton presque brutal :

— ...Mais, avant de pouvoir aller plus loin, il faut savoir quel est le sujet de ce roman.

D'abord, comme toujours, il y a un silence noir. La classe écarquille les yeux, pour ainsi dire, devant ce mot sémantiquement prodigieux : *le sujet. Quel est le sujet?* Mon Dieu, qu'est-ce que George veut donc qu'ils disent? Ils diront tout ce qu'il voudra, absolument tout. Car presque tous, en dépit de leur formation universitaire, continuent au fin fond d'eux-mêmes à considérer cette question du *sujet* comme un jeu fastidieusement sophistiqué. Quant à la minorité, qui a cultivé le mode d'approche du *sujet* jusqu'à ce qu'il devienne une seconde nature, qui rêve d'écrire un jour son propre livre sur le *sujet* chez Faulkner, James ou Conrad, prouvant sans appel que tous les livres précédents sur le même *sujet* passent à côté du sujet — elle attendra un peu avant d'ouvrir la bouche. Elle attendra le moment où elle pourra surgir, comme le grand détective, en apportant la solution du crime de Huxley. D'ici là, que la piétaille patauge. Que d'abord elle remue la boue.

Alexander Mong s'en charge avec obligeance. Il sait ce qu'il fait, pour sûr. Il n'est pas idiot. Peut-être même cela fait-il partie de sa philosophie de peintre abstrait, de considérer tout ce qui est figuratif comme simplement puéril. Un Caucasien se montrerait agressif à cet égard, mais non Alexander. Avec son meilleur sourire de Chinois, il déclare :

— C'est sur un richard jaloux parce qu'il a peur d'être trop vieux pour sa nana. Il croit qu'un jeune mec lui court après, ce qui est faux : le jeune mec n'a aucune chance, vu qu'elle et le docteur sont déjà en cheville. Alors, le rupin flingue le jeune mec par erreur, et le docteur les couvre, comme qui dirait. Alors, ils vont tous en Angleterre pour trouver ce personnage de comte, qui fait le singe avec une gonzesse, dans une cave...

Ici, rugissement d'hilarité. George, beau joueur, sourit en disant :

— Vous n'avez pas parlé de Mr. Pordage et de Mr. Propter... Que font-ils?

— Pordage? Ah oui... c'est celui qui s'aperçoit que le comte bouffe ces poissons dingues...

— Des carpes.

— C'est ça... Et Propter...

Alexander sourit à belles dents en se grattant la tête; il fait un peu le clown.

— ...Je regrette, Monsieur. Je vous demande de m'excuser. Je veux dire : je ne suis pas arrivé au bout avant quelque chose comme deux heures et demie du matin, à essayer de trouver le pot aux roses. Bon sang! Je n'y entrave que dalle.

Nouveaux rires. Alexander a joué son rôle. De façon charmante, il a plaidé la cause des philistins. Maintenant, les langues se délient, et l'enquête peut continuer.

Voici quelques-uns de ses résultats :

> Mr. Propter n'aurait pas dû parler de l'irréalité du moi; cela prouve son absence de foi dans la nature humaine.
>
> Ce roman est d'un mysticisme aride et abstrait. De toute façon, quel besoin avons-nous de l'éternité?
>
> Ce roman est intelligent mais cynique. Huxley devrait mettre davantage l'accent sur la chaleur humaine.
>
> Ce roman constitue un merveilleux sermon spirituel. Il nous enseigne que nous ne sommes pas faits pour chercher à pénétrer les mystères de la vie. Nous n'avons pas à faire joujou avec l'éternité.
>
> Huxley est merveilleusement délirant. Il veut se débarrasser des gens, et rendre le monde habitable pour les animaux et les esprits.
>
> Dire que le temps est un mal parce que le mal se produit dans le temps revient à dire que l'océan est un poisson parce que les poissons vivent dans l'océan.
>
> Mr. Propter n'a pas de vie sexuelle. Cela rend son personnage peu convaincant.
>
> La vie sexuelle de Mr. Pordage n'est pas plus convaincante.

Mr. Propter est un démocrate jeffersonien, un anarchiste, un bolchevique, un proto-John Bircher. Mr. Propter élude les problèmes. Exemple : la conversation avec Pete au sujet de la guerre d'Espagne. Pete était un brave type avant que Mr. Propter ne lui fasse un lavage de cerveau, avant d'avoir une dépression nerveuse et de se mettre à croire en Dieu.

Huxley comprend vraiment les femmes. Doter Virginia d'un scooter rose, voilà une trouvaille.

Et ainsi de suite... Debout, souriant, George parle très peu; il les laisse s'en donner à cœur joie. Il préside au roman comme un tenancier de baraque foraine, encourageant la foule à tirer sur la cible et à la faire voler en éclats; on s'amuse ferme. Il n'en existe pas moins certaines règles fondamentales qu'il convient de respecter. Quand l'un d'eux met sur le tapis la mescaline et l'acide lysergique en sous-entendant que Mr. Huxley frise la toxicomanie, George le contredit avec sécheresse. Lorsqu'un autre essaie timidement de chercher des clés au roman — y a-t-il, pourrait-il y avoir un quelconque rapport entre une certaine dame fort connue et le coup de feu de Jo Stoyte sur Pete? —, George lui répond : pas du tout; ce conte à dormir debout a été réfuté dès les années trente.

Et voici une question à laquelle George s'attendait. Elle émane, comme il se doit, de Myron Hirsch, cet infatigable contradicteur :

— Monsieur, ici, à la page 79, Mr. Propter déclare que la phrase la plus stupide de la Bible, c'est *ils m'ont haï sans cause.* Veut-il dire par là que les nazis avaient raison de haïr les juifs? Huxley est-il antisémite?

George prend une inspiration profonde.

— Non, répond-il avec douceur.

Puis — après une pause d'expectative silencieuse : la franchise de Myron excite assez la classe — il répète, d'une voix forte et sévère :

— ...Non!...

« Mr. Huxley n'est *pas* antisémite. Les nazis n'avaient *pas* raison de haïr les juifs. Mais leur haine des juifs n'était *pas* sans motif. Personne, *jamais,* ne hait sans motif...

« Ecoutez... Laissons les juifs en dehors du débat, voulez-vous? Quelle que soit l'attitude que l'on adopte, il est impossible aujourd'hui de parler objectivement des juifs. Ça ne sera sans doute pas possible avant une vingtaine d'années. Aussi, examinons le problème par rapport à une autre minorité, n'importe laquelle à condition qu'elle soit réduite — une minorité qui ne soit pas organisée, et qui n'ait point de comités pour la défendre... »

George fixe Wally Bryant avec un regard profond et brillant qui lui dit : « Je suis avec toi, ma petite sœur minoritaire. » Wally est grassouillet, il a le teint plombé, et le soin qu'il prend pour peigner ses cheveux ondulés, garder ses ongles bien limés, bien polis, et ses sourcils discrètement épilés, le rend d'autant moins appétissant. De toute évidence il a compris le regard de George. Il est gêné. Tant pis! George va maintenant lui donner une leçon qu'il n'oubliera jamais. Il va faire plonger les yeux de Wally au fond de son âme timide. Il va lui donner le courage d'envoyer promener sa lime à ongles, afin de considérer en face la vérité de sa vie...

— ...Aujourd'hui, par exemple, les gens qui ont des taches de rousseur ne sont pas considérés comme une minorité par ceux qui n'en ont pas. Ils ne constituent pas une minorité dans le sens où nous l'entendons. Et pourquoi non? Parce qu'une minorité n'est considérée comme une minorité que lorsqu'elle représente une menace quelconque, réelle ou imaginaire, pour la majorité. Or, aucune menace n'est jamais *tout à fait* imaginaire. Y a-t-il quelqu'un, dans cette salle, qui ne soit pas d'accord? Si oui, demandez-vous seulement : que ferait cette minorité particulière, si brusquement, du jour au lendemain, elle devenait la majorité? Vous me saisissez ?Eh bien, si vous ne me saisissez pas... réfléchissez-y!

« Bon... maintenant, voici les libéraux — dont font partie, j'espère, toutes les personnes qui sont dans cette salle; ils déclarent : « Les minorités ne sont que des êtres humains, comme nous. » Bien sûr, que les minorités sont des êtres humains; *des êtres humains,* non des anges. Bien sûr, qu'elles sont comme nous — mais pas *exactement* comme nous; voilà l'état d'hystérie libérale que nous ne connaissons que trop, où l'on se met à se raconter qu'en toute sincérité l'on ne voit aucune différence entre un Noir et un Suédois... » (Pourquoi, oh pourquoi George n'ose-t-il pas dire « entre Estelle Oxford et Buddy Sorensen »? Peut-être que si vraiment il osait, il y aurait une grande explosion atomique de rire, tout le monde s'embrasserait, et le royaume de Dieu commencerait ici même, dans la salle 278. Mais aussi, peut-être que non.)

« Ainsi, reconnaissons-le, les minorités sont formées de gens dont l'aspect, les actions et les pensées diffèrent probablement des nôtres, et qui ont des défauts que nous n'avons pas. Il se peut que leur aspect et leurs actions nous déplaisent, et que leurs défauts nous soient odieux. *Mieux vaut reconnaître* qu'ils nous déplaisent et nous sont odieux, que d'essayer de barbouiller nos sentiments de sentimentalité pseudo-libérale. Si nous considérons nos sentiments avec franchise, nous avons une soupape de sécurité; et si nous avons une soupape de sécurité, en réalité nous risquons moins de nous lancer dans les persécutions... Je sais bien qu'une pareille théorie n'est pas à la mode aujourd'hui. Tous autant que nous sommes, nous n'arrêtons pas de nous efforcer de croire que, si nous ignorons une chose assez longtemps, elle disparaîtra purement et simplement...

« Où en étais-je? Ah oui... Eh bien, supposez maintenant que cette minorité soit effectivement persécutée, peu importe pourquoi — pour des raisons politiques, économiques, psychologiques; il y a *toujours* une raison, si fausse soit-elle, voilà ce que je veux mettre en lumière. Et, bien entendu, la persécution en elle-même est toujours un mal, je suis certain que nous sommes tous d'accord là-dessus... Mais le pire, c'est que nous tombons maintenant dans une autre hérésie libérale. *Parce que* la majorité persécutrice est abominable, disent les libéraux, la minorité persécutée doit être nécessairement d'une pureté sans tache. Ne voyez-vous pas combien c'est absurde? Qu'est-ce qui s'oppose à ce que les mauvais soient persécutés par les pires? Tous les chrétiens massacrés dans l'arène étaient-ils obligatoirement des saints?

« Autre chose. La minorité a son propre type d'agressivité. Elle provoque positivement les attaques de la majorité. Elle hait la majorité — non sans raison, je vous l'accorde. Elle hait même les autres minorités — parce que toutes les minorités sont en compétition : chacune proclame que ses souffrances sont les plus atroces, et que les torts qu'elle subit sont les plus graves. Et plus toutes ces minorités haïssent, plus elles sont persécutées, plus elles deviennent méchantes! Croyez-vous que cela rende méchant d'être aimé? Vous savez bien que non! Alors, pourquoi ça les rendrait-elles bonnes, d'être détestées?Quand vous êtes en proie aux persécutions, vous avez horreur de ce qui vous arrive, vous haïssez les gens qui sont à l'origine de vos malheurs; vous vivez dans un monde de haine. Allons! vous ne reconnaîtriez pas l'Amour en personne, si vous le rencontriez! L'Amour vous serait suspect! Vous croiriez qu'il cache quelque chose — une idée de derrière la tête, un piège... »

Arrivé en ce point, George ne sait plus ce qu'il a prouvé ou réfuté, pour quelle partie il plaide, si tant est qu'il plaide pour une partie quelconque, — ou même ce dont il parle au juste. Et pourtant, ces phrases lui ont jailli de la bouche avec une authentique passion. Il a cru à chacune d'entre elles, sensée ou non. Il les a administrées comme des coups de fouet pour réveiller Wally, et Estelle, et Myron, et eux tous. Que celui qui a des oreilles entende...

Wally continue d'avoir l'air embarrassé — mais non, ni fouetté ni réveillé. Et voici que George s'aperçoit que les yeux de Wally ne sont plus fixés sur son propre visage; levés, ils se concentrent sur un point situé derrière lui quelque part, contre le mur, au-dessus de sa tête... Et maintenant, tandis qu'il jette un coup d'œil rapide à son auditoire, hésitant, perdant son élan, George voit tous les autres yeux levés aussi — fixés sur cette satanée pendule. Point n'est besoin de se retourner pour vérifier; il sait qu'il doit être en train de dépasser l'heure. Brusquement, il s'interrompt en leur disant :

— ... Nous continuerons lundi.

Instantanément, ils se lèvent tous, rassemblent leurs livres, explosent en bavardages.

Mon Dieu, après tout, qu'espérer d'autre? La plupart doivent se dépêcher pour se rendre ailleurs dans les dix minutes. George n'en a pas moins le poil hérissé. Voilà longtemps qu'il ne s'était pas laissé aller à épancher sa bile comme ça, juste à la fin d'une heure de cours. Quelle humiliation! Le stupide vieux prof enthousiaste, qui pérore sans souci de la pendule, tandis que l'auditoire soupire à part soi : « Le voilà reparti! » Un court instant, George les déteste, déteste leur indifférence foncière de brutes, tandis qu'ils s'éloignent rapidement de la salle. Une fois de plus, le diamant leur a été offert publiquement pour une pièce de cinq cents, et ils s'en sont détournés avec un haussement d'épaules et un ricanement, en prenant pour un fou le vieux colporteur.

Il sourit avec d'autant plus de bienveillance aux trois élèves qui se sont attardés pour lui poser des questions. Mais sœur Maria veut seulement savoir si George, pour l'examen terminal, leur demandera d'avoir lu tous les livres cités par Mr. Huxley dans son roman. George se dit qu'il serait bien amusant de lui répondre que oui, y compris *les Cent vingt Journées de Sodome.* Mais il n'en fait rien, naturellement. Il la rassure, et elle s'en va contente, son fardeau académique allégé d'autant.

Ensuite, Buddy Sorensen tient seulement à s'excuser :

— Pardonnez-moi, Monsieur... Si je n'ai pas lu le Huxley, c'est que je croyais que vous alliez l'étudier avec nous d'abord.

S'agit-il d'idiotie pure et simple, ou de ruse? George a la flemme de le tirer au clair.

— A bas la Bombe! s'écrie-t-il en regardant l'insigne de Buddy.

Et Buddy, auquel il ne dit pas ça pour la première fois, sourit d'aise :

— Et comment, Monsieur!

Mrs. Netta Torres voudrait savoir si Mr. Huxley avait en tête un village anglais réel en créant son Gonister. George est dans l'incapacité de répondre; il peut seulement dire à Mrs. Torres qu'au dernier chapitre, quand Obispo, Stoyte et Virginia sont à la recherche du Cinquième Comte, il semble que leur voiture quitte Londres dans une direction sud-ouest. Il est donc fort probable que Gonister soit censé être quelque part dans le Hampshire ou le Sussex... Mais voici qu'il apparaît clairement que la question de Mrs. Torres n'était qu'un prétexte. Elle n'a mis l'Angleterre sur le tapis qu'afin de lui dire qu'elle y a passé trois semaines inoubliables, dix ans plus tôt. Seulement, la majeure partie du séjour avait lieu en Ecosse, et tout le reste à Londres.

— Chaque fois que vous ouvrez la bouche pour nous parler, dit-elle à George en le dévorant de ses yeux fervents, ça me rappelle ce merveilleux accent. Une véritable musique.

(George brûle de lui demander quel accent au juste. Cockney ou Gorbals?) Et voici que Mrs. Torres désire connaître son lieu de naissance; il le lui dit; elle n'en a jamais entendu parler. Il profite de sa déception momentanée pour interrompre leur tête-à-tête.

Le bureau de George se révèle utile de nouveau; il y entre afin d'échapper à Mrs. Torres. Il y trouve le Dr. Gottlieb.

Gottlieb est tout excité car il vient de recevoir d'Angleterre un nouvel ouvrage sur Francis Quarles, écrit par un prof d'Oxford. Gottlieb en sait probablement autant sur Quarles que ledit prof. Mais Oxford, qui plane dans toute sa majesté derrière ce professeur, son enfant, en impose au pauvre petit Gottlieb, né dans les bas quartiers de Chicago.

— C'est là qu'on se rend compte de la *formation* qu'il faut pour faire un métier comme le nôtre, dit-il.

George se sent attristé, déprimé, car Gottlieb souhaiterait visiblement plus que tout au monde être à la place de ce misérable prof et savoir manier sa prose au vinaigre, malveillante, ironique, constipée.

Après avoir tenu l'ouvrage entre ses mains quelques instants et l'avoir feuilleté avec le respect qui convient, George déclare son intention d'aller déjeuner. A sa sortie du bâtiment, les premières personnes qu'il reconnaît sont Kenny Potter et Lois Yamaguchi, assis sur l'herbe, sous l'un des arbres que l'on vient de planter. Leur arbre est encore plus petit que les autres; à peine s'il a une douzaine de feuilles. Il est ridicule de s'asseoir dessous; peut-être Kenny l'a-t-il choisi précisément pour cela. Lui-même et Lois ont l'air d'enfants qui jouent à être échoués sur un atoll du Pacifique sud. En se disant cela, George leur sourit. Ils lui rendent son sourire, puis Lois éclate de rire, à sa mode japonaise, délicate et pudique. George passe tout près de leur atoll, comme un paquebot, sans s'arrêter. Lois paraît s'en rendre compte, car elle lui fait gaiement signe de la main, tout comme on fait signe à un paquebot, d'un geste d'une exquise délicatesse de son poignet et de sa main minuscule. Kenny agite aussi la main, mais George doute que *lui* sache; il ne fait que suivre l'exemple de Lois. Quoi qu'il en soit, leur geste va droit au cœur de George. Il leur répond de la même manière. Le vieux paquebot et les jeunes naufragés ont échangé des signaux — mais il ne s'agit pas d'un appel au secours. Chacun respecte l'indépendance des autres. Aucun désir de se lier. Ils se veulent du bien, voilà tout. De nouveau, comme avec les joueurs de tennis, George a le sentiment que sa journée vient d'être illuminée; mais, cette fois, son émotion n'a absolument rien de trouble. Elle est paisible, radieuse. George poursuit sa navigation vers la cafétéria, souriant tout seul, sans même souhaiter regarder en arrière.

Mais alors il entend appeler « Monsieur! », sur ses talons; il se retourne; c'est Kenny. Kenny l'a rejoint en courant, sur ses silencieuses chaussures de basket. George s'imagine qu'il va lui poser une question précise, par exemple sur le titre du prochain livre qu'on lira en classe, pour ensuite repartir. Mais non, Kenny, à son côté, adopte le même pas que lui, en disant d'un ton de voix tout simple :

— ...Il faut que je descende à la papeterie.

Il ne demande pas si George se rend à la papeterie, et George ne lui dit pas qu'il n'en avait pas l'intention.

— ...Avez-vous déjà pris de la mescaline, Monsieur?

— Oui, une fois. A New York. Il y a quelque chose comme huit ans. La vente n'en était pas le moins du monde interdite; aussi, je suis tout bonnement entré dans une pharmacie pour en commander. Ils ne savaient pas ce que c'était, mais ils me l'ont procurée en quelques jours.

— Et ça vous a fait voir des trucs... des visions mystiques et tout?

— Non. On ne peut pas appeler ça des visions. D'abord, ça m'a donné le mal de mer. Pas fort. Et un peu la frousse, naturellement. Comme le Dr. Jekyll après avoir pris sa drogue pour la première fois... Et puis, certaines couleurs ont commencé à devenir très vives, à se détacher. Je ne comprenais pas pourquoi tout le monde ne s'en apercevait pas. Je me rappelle un sac à main rouge de femme, sur une table de restaurant : un vrai scandale! Et les visages des gens deviennent caricaturaux; je veux dire qu'on a l'impression de voir ce que chacun a derrière la tête, de façon très crue et simplifiée. L'un est d'une vanité absurde; l'autre, littéralement malade d'inquiétude; un troisième cherche la bagarre. Et puis on en voit de très rares qui sont beaux, tout simplement, pour l'unique raison que rien ne les rend anxieux ni agressifs; ils prennent la vie comme elle vient... Ah! et tout devient de plus en plus tridimensionnel; les rideaux se font lourds et comme sculptés, le grain du bois apparaît. Fleurs et plantes sont vivantes, cela saute aux yeux. Je me souviens d'un pot de violettes — elles ne bougeaient pas, mais j'avais l'impression qu'elles pouvaient bouger; chacune avait l'air d'un serpent dressé, immobile, sur ses anneaux... Et puis, quand la drogue fait son plein effet, on dirait que les murs de la pièce et tout ce qui vous entoure est en train de respirer; le grain des boiseries se met à grouiller, comme liquide... Et puis tout cela, peu à peu, se calme, retourne à l'état normal. Ça ne laisse aucune gueule de bois. Après, je me sentais en pleine forme. J'ai dîné comme un ogre.

— Vous n'en avez plus repris, ensuite?

— Non. Je n'en avais pas envie particulièrement. Ce n'était qu'une expérience. J'ai donné le restant des sachets à des amis. L'un d'eux a vu à peu près la même chose que moi; un autre n'a rien vu du tout; une troisième m'a dit qu'elle n'avait jamais eu aussi peur de sa vie. Mais je soupçonne qu'il s'agissait là d'une simple formule de politesse. Comme lorsqu'on remercie d'une soirée...

— Il ne vous reste aucun de ces sachets, n'est-ce pas, Monsieur?

— Non, Kenny, aucun! Et même s'il m'en restait, je ne les distribuerais pas à mes élèves. Il existe des moyens beaucoup plus amusants de me faire renvoyer d'ici.

Kenny sourit.

— Pardon, Monsieur. Simple supposition... J'imagine que si je voulais vraiment ce truc, il me serait facile de me le procurer. On peut avoir presque tous les trucs de ce genre, ici même au campus... Un copain de Lois en a eu ici. Lui, il prétend que lorsqu'il en a pris, il a vu Dieu.

— C'est bien possible. Je n'en ai peut-être pas pris assez.

Kenny abaisse le regard sur George. Il semble amusé.

— Savez-vous, Monsieur, je parie que même si vous aviez effectivement vu Dieu, vous ne nous le diriez pas.

— Qu'est-ce qui vous fait croire ça?

— C'est l'avis de Lois. Elle vous croit... euh, un peu boutonné. Comme ce matin, quand vous écoutiez toutes ces conneries que nous débitions sur Huxley...

— Je ne me suis pas aperçu que vous, vous ayez dit grand-chose. Je ne crois pas que vous ayez ouvert la bouche une seule fois.

— Je vous observais... Blague à part, je crois que Lois a raison! Vous nous laissez nous enferrer, après quoi vous redressez la situation. Je ne veux pas dire par là que vous ne nous apprenez pas des tas de trucs intéressants — vous nous en apprenez —, mais vous ne nous dites jamais *tout* ce que vous savez sur quoi que ce soit...

George se sent flatté, excité. Jamais auparavant Kenny ne lui a parlé comme ça. Il ne peut s'empêcher de se glisser dans le personnage si tentant que lui propose Kenny.

— Mon Dieu, vous avez peut-être raison; dans une certaine mesure... Voyez-vous, Kenny, il y a des choses que l'on n'est même pas conscient de savoir, avant que l'on ne vous pose la question.

Ils sont arrivés aux courts de tennis, tous occupés maintenant, parsemés de silhouettes mouvantes. Mais George, avec le coup d'œil prompt comme l'éclair du maniaque de toujours, a déjà noté que le couple du matin est parti, et qu'aucun de ces joueurs n'est physiquement séduisant. Sur le court le plus proche, un gros professeur vieillissant joue, pour se coller une bonne suée, contre une fille qui a du poil aux jambes.

— ... Il faut que quelqu'un vous pose une question pour que vous puissiez y répondre, poursuit George avec intention. Mais il est si rare de trouver quelqu'un qui pose les bonnes questions! La plupart des gens ont si peu de curiosité!...

Kenny garde le silence. Médite-t-il là-dessus? Va-t-il poser à George une question à l'instant même? L'expectative accélère le pouls de George.

— ... Ce n'est pas que je *veuille* être " boutonné ", comme vous dites, continue George en gardant les yeux à terre et en rendant ses propos aussi impersonnels que possible. Vous savez, Kenny, je voudrais si souvent *dire* les choses, *discuter* des choses, avec une absolue franchise! Pas en classe, bien sûr : ça ne donnerait rien. Il y aurait toujours quelqu'un pour se méprendre...

Silence. George lève rapidement les yeux sur Kenny, et s'aperçoit qu'il est en train de regarder, quoique sans le moindre intérêt apparent, la fille velue. Peut-être n'a-t-il même pas écouté. Allez savoir!

— Peut-être après tout que le copain de Lois n'a pas vu Dieu, déclare soudain Kenny. Je veux dire : peut-être qu'il se racontait des histoires. Je veux dire : peu de temps après avoir pris ce truc, il a eu une dépression. On l'a bouclé pendant trois mois dans un hôpital. Il a dit à Lois que pendant sa dépression il était devenu un démon capable d'éteindre les étoiles. Je ne blague pas! Il disait qu'il était capable d'en éteindre sept à la fois. Ça ne l'empêchait pas de craindre la police. Il disait que la police avait un appareil pour attraper les démons et les faire disparaître. On appelait ça une machine MO : MO, c'est OM — vous savez bien, Monsieur, le mot indien qui signifie Dieu, écrit à l'envers.

— Si la police anéantissait les démons, ça voudrait dire qu'elle est un ange, non? Après tout, ce n'est pas si absurde : un endroit où la police est un ange, ça ne peut être qu'un asile de fous.

Kenny rit encore à gorge déployée lorsqu'ils arrivent à la papeterie. Il désire acheter un taille-crayon. Les taille-crayon se présentent dans des étuis en plastique — rouges, verts, bleus ou jaunes. Kenny en prend un rouge.

— Que vouliez-vous acheter, Monsieur?

— Mais... rien, à la vérité.

— Vous voulez dire que vous avez fait tout ce chemin à pied uniquement pour me tenir compagnie?

— Bien sûr. Pourquoi pas?

Kenny paraît sincèrement surpris et content.

— Eh bien, je crois que vous avez mérité quelque chose pour votre peine! Tenez, Monsieur, prenez-en un. Je vous l'offre.

— Mais... eh bien, merci!

Oui, George a rougi légèrement. C'est comme si on lui offrait une rose. Il choisit un taille-crayon jaune.

Kenny sourit :

— J'avais dans l'idée que vous en prendriez un bleu.

— Pourquoi?

— Le bleu n'est pas la couleur de la spiritualité?

— Qu'est-ce qui vous fait croire que j'ai une tendance à la spiritualité? Et pourquoi avez-vous choisi le rouge?

— Que représente le rouge?

— La colère et la luxure.

— Sans blague!

Ils se taisent, avec un sourire de connivence, presque. George a le sentiment que, même si tous ces propos ambigus ne les ont pas rapprochés d'un pouce de la compréhension réciproque, cette non-compréhension, ce désir de rester dans le quiproquo, est en soi une manière d'identité. Kenny règle les taille-crayon, et agite la main d'un geste qui exprime un congé négligent, sans déférence : « A un de ces jours. »

Il s'éloigne sans se presser. George s'attarde quelques instants dans la papeterie pour n'avoir pas l'air de le suivre.

Si manger constitue un sacrement, alors il faut comparer la salle à manger des professeurs aux plus mornes et aux plus dépouillés des lieux de culte quakers. Aucune concession, ici, au ritualisme de la nourriture servie de façon douillette et appétissante, dans la fraternité. Cette salle est un anti-restaurant : bien trop propre, avec ses tables en chrome et plastique; bien trop en ordre avec ses corbeilles en métal brun pour jeter les serviettes en papier et les tasses en carton après usage; et, par contraste avec le tintamarre humain du réfectoire des étudiants, bien trop silencieuse : un silence inquiet, gêné, conscient. Et la salle n'est pas même rendue vénérable, ou du moins impressionnante, comme une table des professeurs à Cambridge ou Oxford, par l'âge de ses occupants. La plupart d'entre eux sont relativement jeunes; George est l'un des plus vieux.

Mon Dieu, quelle tristesse de voir, sur un bon nombre de ces visages — des visages jeunes, en particulier —, une expression renfrognée, vaincue! Pourquoi ont-ils pareille opinion de leur existence? Certes, ils sont mal payés. Certes, ils n'ont guère d'avenir, au sens matériel du terme. Certes, ils n'ont pas droit au bonheur de fréquenter des présidents-directeurs-généraux. Mais n'est-ce pas une consolation que d'être avec des étudiants qui sont encore aux trois quarts vivants? N'est-ce pas une toute petite satisfaction que d'être *utile,* au lieu de contribuer à produire d'inutiles biens de consommation? N'est-ce pas quelque chose, de savoir que l'on exerce une des rares professions de ce pays qui ne soient pas irrémédiablement corrompues?

Pour ces visages renfrognés, il semble que non. Ils partiraient, s'ils en avaient le courage. Mais ils ont fait des études en vue de ce métier, et quand le vin est tiré, il faut le boire jusqu'à la lie. Ils ont gaspillé le temps où ils auraient pu apprendre à tricher, à voler, à mentir. Ils se sont retranchés de la majorité — les intermédiaires, les publicitaires, les promoteurs — en acquérant laborieusement toutes ces connaissances desséchées, discréditées; discréditées par l'intermédiaire, parce qu'il n'en a pas besoin pour réussir. L'intermédiaire n'a besoin que des produits de ces connaissances, de leurs applications pratiques. Les professeurs sont des gogos, dit-il. A quoi bon savoir quelque chose, si ce n'est pour en tirer de l'argent? Et les visages renfrognés, plus qu'à moitié d'accord avec l'intermédiaire, éprouvent en secret la honte de n'être ni débrouillards, ni malhonnêtes.

George traverse la salle du restaurant. Sur le comptoir, des marmites fumantes, d'où les serveuses vous versent du ragoût, des légumes ou de la soupe. A moins que vous ne preniez de la salade, de la tarte ou une étrange gelée d'aspect cadavéreux, semi-transparente, veinée de vert vif. En arrêt devant cette gelée, pris par une sorte de fascination involontaire, comme devant une vitrine du pavillon des reptiles, voici Grant Lefanu, le jeune professeur de physique qui écrit des vers. Grant est le contraire même du visage renfrogné, et il n'a rien d'un vaincu; George l'aime assez. Petit, mince, il a des lunettes, de grandes dents et le sourire un peu fou de l'authentique passion intellectuelle. On l'imagine aisément sous les traits d'un terroriste de la Russie tsariste, au siècle dernier. S'il en avait l'occasion, il serait le genre de héros fanatique qui suit son idée, d'un bout à l'autre, sans la moindre hésitation et comme quelque chose qui va de soi, jusqu'à l'exprimer dans l'action. La discussion des étudiants, anarchistes et utopistes de tout poil, pâles, aux yeux de braise, qui boivent du thé et fument des cigarettes dans une chambre close, jusque tard dans la nuit, se traduit le lendemain matin, avec le caractère littéral de la parfaite innocence, par la bombe lancée, le fier slogan crié, le jeune rêveur actif, encore souriant, traîné vers la forteresse et le peloton d'exécution. Sur le visage de Grant on voit souvent ce type de sourire — presque gêné d'avoir dû exprimer sa pensée aussi grossièrement. Grant ressemble au timide qui mange ses mots, et qui soudain, en désespoir de cause, parle beaucoup trop fort.

Grant vient en fait d'accomplir au moins un acte d'héroïsme mineur. Au tribunal, il a témoigné en faveur d'un libraire surpris en train de faire le trafic d'un grand classique pornographique des années vingt; on ne pouvait se le procurer que dans les pays latins mais aujourd'hui, grâce à une suite de précédents judiciaires, il lutte pour obtenir le droit d'être dévoré par la jeunesse américaine. (George n'est pas tout à fait sûr qu'il s'agisse du livre qu'il lisait lui-même, dans sa jeunesse, lors d'un voyage à Paris. En tout cas, il se souvient d'avoir jeté au panier cet ouvrage ou un autre du même acabit, au beau milieu de la grande scène de fornication. Non qu'il n'ait les idées larges, bien sûr; qu'ils écrivent donc sur l'hétérosexualité s'ils ne peuvent faire autrement, et que les lisent ceux à qui ça plaît. N'empêche que c'est d'un mortel ennui et, pour être franc, un brin répugnant. Pourquoi ces auteurs modernes ne peuvent-ils s'en tenir aux vieux thèmes simples et sains — les garçons, par exemple?)

En l'occurrence, l'héroïsme de Grant Lefanu consistait à défendre l'ouvrage au péril de sa tête académique. Car un membre ancien et fort éminent du corp enseignant de l'Université d'Etat de San Tomas, qui venait de déposer comme témoin à charge, avait certifié que ce livre était sale, décadent et dangereux. Appelé à la barre pour être à son tour interrogé par l'avocat de la partie civile, Grant, avec son timide sourire, implora l'autorisation de n'être pas du même avis que son collègue. Enfin, poussé à bout, sommé à trois reprises de parler plus haut, il laissa échapper une déclaration disant que ce n'était pas le livre, mais ceux qui l'attaquaient, qui méritaient ces trois adjectifs. Pour aggraver son cas, un journaliste libéral du cru se fit un malin plaisir de rapporter l'affaire en présentant le vénérable membre du corps enseignant comme un vieil âne réactionnaire, et Grant comme un jeune et brillant défenseur des libertés civiques, dont il transformait le témoignage en insulte personnelle. Aussi maintenant la question est-elle de savoir si le contrat de Grant sera renouvelé à la fin de l'année universitaire.

Aux yeux de Grant, George est un frère en subversion, compliment que George ne mérite guère, car, étant donné son âge, sa licence de jouer les excentriques britanniques, et, en dernier ressort, ses petits revenus personnels, il peut se permettre de dire sur le campus presque tout ce qui lui passe par la tête. Alors que le pauvre Grant n'a pas de revenus personnels, mais une femme et les trois enfants qu'il a eu l'imprudence d'engendrer.

— Quoi de neuf? lui demande George, ce qui veut dire : Quelle est la dernière de l'Ennemi?

— Vous savez, ces cours destinés aux apprentis policiers? Eh bien, aujourd'hui, un type venu spécialement de Washington leur enseigne les vingt moyens de détecter un communiste.

— C'est une blague?

— Vous voulez y aller? Nous pourrions lui poser quelques questions embarrassantes.

— C'est à quelle heure?

— Quatre heures et demie.

— Impossible. Je dois être en ville dans une heure.

— Dommage.

— Dommage, reconnaît George, soulagé.

Pourtant, il n'est pas tout à fait sûr qu'il s'agissait là d'une proposition sérieuse. Plusieurs autres fois, du même ton à demi ironique, Grant a proposé d'aller faire du chahut à une réunion de la Société John Birch, fumer du H à Watts avec le plus grand poète inconnu d'Amérique, rencontrer quelqu'un de haut placé dans le mouvement Black Muslim. George ne soupçonne pas vraiment Grant de le mettre à l'épreuve. Nul doute que Grant ne fasse ce genre de chose, de temps à autre, et il ne lui vient même pas à l'esprit que George puisse avoir peur. Il croit sans doute que George se dispense de ces petites sorties par crainte de s'ennuyer.

Tandis qu'ils longent le comptoir où ils ne prennent que de la salade et du café — George surveille sa ligne, et Grant a l'appétit aussi mince que sa constitution —, Grant parle d'un homme de ses relations qui s'est entretenu avec des spécialistes, dans une grande fabrique d'ordinateurs. Ils affirment que s'il y a la guerre, cela n'a pas vraiment d'importance : les survivants seront assez nombreux pour faire marcher le pays. Bien sûr, les survivants seront en majeure partie des gens riches et influents, car ils auront le meilleur modèle d'abri, et non les pièges à rats sans étanchéité qu'une bande d'escrocs a proposés à vil prix. Quand vous vous ferez construire un abri, disent les spécialistes, il faudra vous adresser à trois entrepreneurs différents au moins pour que nul ne sache ce que vous faites construire; en effet, si le bruit se répand que vous avez un abri du meilleur modèle, vous serez assiégé dès la première alerte. Pour la même raison, il faut être réaliste, et acheter une mitraillette. Ce n'est pas le moment de faire du sentiment.

George éclate du rire sardonique qui convient, puisque c'est là ce que Grant attend de lui. Pourtant, cet humour noir lui fend le cœur. Dans toutes ces crises des années vingt, des années trente, de la guerre — chacune a laissé des traces chez George, comme une maladie —, le terrible, c'était la peur de l'anéantissement. Aujourd'hui, nous traînons avec nous une peur autrement plus affreuse : celle de la survie. Survie dans un Age des Décombres où il sera tout naturel, pour Mr. Strunk, d'abattre Grant, sa femme et ses trois enfants parce que Grant a négligé de faire des provisions alimentaires suffisantes, et qu'ils crèvent de faim, et qu'ils risquent par conséquent de devenir dangereux, et que ce n'est pas le moment de faire du sentiment.

— Voilà Cynthia, dit Grant à leur retour dans la salle à manger. On va à côté d'elle?

— C'est indispensable?

— Je le crains, répond Grant avec un petit rire nerveux. Elle nous a vus.

Effectivement Cynthia Leach leur fait signe de la main. C'est une jeune et belle New Yorkaise, qui a fait ses études à Sarah Lawrence, une fille de famille riche. Peut-être est-ce en partie pour embêter cette famille qu'elle vient d'épouser Leach, lequel enseigne ici l'histoire. Mais leur union semble une réussite. Bien qu'Andy soit svelte et qu'il ait la peau blanche, ce n'est pas une mauviette; ses yeux ont un éclat sensuel, et il a la souplesse dépourvue d'agressivité de qui prend beaucoup d'exercice au lit. Bien qu'il soit un peu en porte à faux socialement, nul doute qu'il ne se plaise au surcroît d'effort nécessaire pour égaler Cynthia. Ils donnent des réceptions auxquelles tout le monde va parce que la nourriture et la boisson y abondent, grâce à l'argent de Cynthia, qu'Andy, de toute façon, est en vogue, et que Cynthia n'est pas si terrible.

Le seul ennui avec elle, c'est qu'elle se prend pour une aristocrate venue de l'Est en visite de charité; dans ses efforts pour être patricienne, elle ne parvient qu'à se montrer protectrice.

— Andy m'a laissée en plan, leur dit-elle. Faites-moi la conversation.

Puis, comme ils s'asseyent à sa table, elle se tourne vers Grant :

— ... Votre femme ne me pardonnera jamais.

— Ah?

Grant rit avec une violence tout à fait extraordinaire.

— Elle ne vous a pas dit?

— Pas un mot!

Cynthia est déçue. Puis son visage s'éclaire.

— ... Ah! pourtant elle est *sûrement* furieuse contre moi! Je lui disais combien était hideuse la façon d'habiller les enfants par ici.

— Mais elle était d'accord avec vous, j'en suis certain. Elle le répète sans arrêt.

— On les prive de leur enfance, continue Cynthia en ignorant la réplique de Grant. On les transforme en *jeunes consommateurs*! Toutes ces affreuses petites créatures tirées à quatre épingles, qui se collent du rouge à lèvres!... J'étais au Mexique, le mois dernier. C'était comme une bouffée d'air pur. Ah! comment vous dire?... Leurs enfants sont si vrais! Pas d'angoisse. Pas de névrose. Ils s'épanouissent, un point c'est tout...

— Pourtant..., l'interrompt Grant.

De toute évidence, il commence à n'être pas d'accord avec Cynthia. C'est précisément pourquoi il parle entre ses dents; on l'entend à peine. Cynthia choisit de ne pas l'entendre du tout.

— Et le soir où nous avons passé la frontière pour rentrer! Je ne l'oublierai jamais! Je me suis dit : ou bien ces gens sont fous, ou bien c'est moi qui suis folle. Ils avaient tous l'air de *courir,* comme dans les bandes d'actualités du temps du muet. Et " l'hôtesse ", au restaurant — jusque-là, je ne m'étais jamais rendu compte de ce que cette appellation a de sinistre... Sa façon de nous *sourire*!... Et ces menus gigantesques, sans rien de vraiment comestible... Et les aides-serveurs, ces inquiétants zombies, qui ne vous apportent que des verres d'*eau,* et refusent carrément de vous adresser la parole!... C'est bien simple : je n'en croyais pas mes yeux... Oh! et puis nous avons passé la nuit dans un de ces abominables nouveaux motels. J'avais l'impression que l'on venait de l'apporter d'ailleurs, d'une usine quelconque, et de le monter à la minute même. Il n'était de *nulle part.* Je veux dire... après tous ces vieux hôtels merveilleux du Mexique — chacun d'eux est vraiment *un lieu* —, celui-ci avait l'air absolument irréel...

De nouveau, Grant semble sur le point de vouloir protester. Mais cette fois, il marmonne encore plus faiblement. Même George est incapable de le comprendre. George boit une grande gorgée de café, en ressent le coup de fouet dans son estomac presque vide, et se trouve soudain en pleine forme.

— Vraiment, Cynthia, ma chère, s'entend-il s'écrier, comment pouvez-vous proférer d'aussi incroyables bêtises?

Grant, stupéfait, émet son petit rire. Cynthia paraît surprise, mais plutôt contente. Son genre de brutalité aime la contradiction, qui calme son prurit d'agressivité.

— ... Franchement! Avez-vous perdu la tête?

George a l'impression de foncer sur la piste d'envol; de se trouver peu à peu, sans heurt, de façon tonique, porté par les airs.

— ... Mon Dieu, on croirait entendre un sinistre intellectuel français qui débarque à New York pour la première fois! Ils parlent exactement comme vous! « Irréel! » Irréels, les motels américains! Ma chère fille, vous savez aussi bien que moi que nos motels sont conçus exprès pour être irréels, si vous tenez absolument à employer ce jargon imbécile, pour la raison toute simple qu'une chambre de motel américain n'est pas *une* chambre dans *un* hôtel, mais *la* Chambre tout court, une fois pour toutes. Il n'y en a qu'une : *la Chambre.* Et c'est un symbole — une publicité à trois dimensions, si vous préférez — de notre mode de vie. Or, qu'est-ce que notre mode de vie? Une formule de construction qui nécessite certaines mensurations, certains acccssoires et l'emploi de certains matériaux adéquats; ni plus ni moins. Tout le reste, vous devez le fournir vous-même. Mais allez le faire comprendre aux Européens! Ça les épouvante... La vérité, c'est que notre mode de vie est bien trop austère pour eux. Nous avons réduit les choses matérielles à l'état de simples commodités symboliques. Et pourquoi? Parce que c'est le premier pas indispensable. Tant que l'on n'a pas défini et relégué à la place qui lui convient le plan matériel, l'esprit ne saurait jamais être vraiment libre. On pourrait croire que cela saute aux yeux. L'Américain le plus borné paraît le comprendre intuitivement. Mais les Européens nous qualifient d'inhumains — à moins qu'ils ne préfèrent dire " immatures ", ce qui est plus grossier — parce que nous avons renoncé à leur monde de différences individuelles, d'inefficacité romantique, et d'objets-pour-l'objet. Tout ce vieux culte mort des cathédrales, des éditions originales, de la mode parisienne et des vins millésimés... Bien entendu, jamais ils ne renoncent, jamais ils ne cessent de tenter de nous pervertir, à chaque instant, avec leur écœurante propagande pour ce culte. Si jamais ils y parviennent, c'en sera fait de nous. *Voilà* le genre de subversion sur quoi *devrait* enquêter le Comité de Défense contre les Activités anti-américaines... Les Européens nous haïssent parce que nous nous sommes retirés pour vivre au sein de nos publicités comme des ermites se retirent dans leur caverne pour s'adonner à la contemplation. Nous dormons dans des chambres à coucher symboliques, nous prenons des repas symboliques, nous nous divertissons de manière symbolique — et voilà ce qui les terrifie, ce qui les remplit de fureur et de dégoût car ils ne pourront jamais le comprendre. Ils ne cessent de crier : « Ces gens-là sont des zombies! » Il faut bien qu'ils se le disent, sinon ils capituleraient, ils reconnaîtraient que si les Américains sont capables de vivre ainsi, c'est qu'en réalité leur culture est très, très en avance — cinq cents, peut-être mille ans en avance sur l'Europe, à plus forte raison sur le reste du monde. Au fond, notre domaine est celui de l'esprit. Nous vivons entièrement dans le mental. Et voilà pourquoi nous sommes tout à fait de plain-pied avec des symboles tels que la Chambre de Motel américain. Alors que l'Européen a horreur des symboles, parce qu'il n'est qu'un petit matérialiste abject...

Quelques instants avant la fin de cette folle envolée verbale, George a vu, comme d'une grande altitude, Andy Leach entrer dans la salle à manger. A son vif soulagement, en vérité, car George avait déjà senti caler ses moteurs, il s'était senti en perte de vitesse. Aussi maintenant, avec une habileté de pilote chevronné, accomplit-il un parfait atterrissage en catastrophe. Et la beauté de la chose, c'est qu'il semble se taire par pure politesse, parce qu'Andy est arrivé à leur table.

— J'ai raté quelque chose, semble-t-il, dit Andy, souriant.

Aucun rideau de théâtre, en tombant, ne dissimule l'artiste de cirque afin d'empêcher que ne se rompe le charme magique de son numéro. En équilibre, là-haut sur son trapèze, sous le feu des projecteurs, il a eu beau étinceler, scintiller comme une étoile, maintenant, redescendu, terne, sans plus être suivi par les projecteurs et pourtant bien visible pour qui se soucierait de le regarder — tous n'ont d'yeux que pour les clowns —, devant les gradins il se hâte vers la sortie. Nul ne l'applaudit plus. Bien rares ceux qui lui accordent un simple coup d'œil.

Outre ce sentiment d'anonymat, George éprouve une lassitude qui n'est pas déplaisante. Sa vitalité reflue rapidement, et lui avec elle. C'est là une façon de se reposer. D'un seul coup, il se sent beaucoup, beaucoup plus vieux. En sortant pour se rendre au parking, il marche différemment, avec moins d'élasticité, les bras et la nuque raides. Il ralentit. Il lui arrive même de traîner les pieds. Il courbe la tête. Sa bouche se détend; les muscles de ses joues pendent. Son visage prend une expression bête, rêveuse, placide. Il fredonne bizarrement, avec un bruit d'abeilles autour de la ruche. De temps à autre, il émet de longs pets sonores.

L'hôpital dresse sa haute masse sur une paisible colline à l'écart, dominant des pelouses abruptes et fleuries, visible depuis la voie express. Il rappelle aux automobilistes qui passent : « Bonnes gens, voici le bout de la route », ce qui ne l'empêche pas d'avoir un aspect agréable. Il est ouvert à toutes les brises; d'un grand nombre de ses fenêtres, on doit voir l'océan, le cap de Palos Verdes et même l'île Catalina dans la clarté hivernale.

Les infirmières de la réception sont gentilles, elles aussi. Elles ne vous accablent pas d'un déluge de questions. Si vous connaissez le numéro de la chambre où vous désirez aller, vous n'avez même pas besoin de leur en demander l'autorisation; vous pouvez monter directement.

George manœuvre lui-même l'ascenseur, qui s'arrête au deuxième étage, et un infirmier de couleur y introduit le chariot d'une malade. Elle va en chirurgie, déclare-t-il à George; aussi faut-il redescendre au rez-de-chaussée où se trouvent les salles d'opération. George propose respectueusement de sortir de l'ascenseur, mais le jeune infirmier aux bras musclés et sensuels lui répond :

— Ce n'est pas la peine.

Il reste donc là comme aux obsèques d'un inconnu, en regardant la patiente à la dérobée. Bien qu'elle paraisse avoir toute sa tête, ce serait une espèce de sacrilège que de lui adresser la parole, car elle est déjà la victime consacrée, rituellement préparée. On dirait qu'elle le sait et qu'elle y consent; qu'elle s'abandonne entièrement à son consentement. Comme elle a de jolis cheveux gris! Il n'y a sans doute pas longtemps qu'elle s'est fait coiffer.

Voici le Seuil, se dit George.

Devrai-je, moi aussi, le franchir?

Ah! que le pauvre corps, de chacun de ses nerfs, se révolte contre la vue, l'odeur, l'atmosphère de cet endroit! Sauvagement il bronche, se cabre, se débat pour s'échapper. Si jamais on le transportait ici — abruti par leurs drogues, piqué par leurs aiguilles, lacéré par leurs bistouris —, quel inimaginable outrage à la chair cela serait! Même s'ils devaient le guérir et lui rendre sa liberté, il ne pourrait jamais oublier, jamais pardonner. Rien ne serait jamais plus comme avant. Il aurait perdu toute foi en lui-même.

Jim gémissait, se lamentait, faisait toute une histoire pour un rhume de cerveau, une coupure au doigt, des hémorroïdes. Mais en fin de compte, Jim a eu de la chance — au seul moment où la chance importe vraiment. Le camion a heurté sa voiture exactement comme il le fallait; il n'a rien senti. Et jamais on ne l'a mis dans un endroit comme celui-ci. Ses restes fracassés ne leur étaient d'aucune utilité pour leurs rituels.

La chambre de Doris est au dernier étage. Pour l'instant, le couloir est désert, et, derrière la porte ouverte, un paravent cache le lit. George, avant d'entrer, jette un coup d'œil par-dessus le paravent. Doris est couchée, le visage tourné vers la fenêtre.

George est maintenant tout à fait habitué à son aspect qui ne lui fait même plus horreur, car il a perdu le sentiment de la transformation. Doris ne lui paraît plus changée. Il s'agit d'une créature absolument différente : un mannequin jaune, ratatiné, aux bras et aux jambes comme des baguettes, à la chair flétrie, au ventre creux, dessinant sous le drap ses contours anguleux. Quoi de commun avec ce grand animal arrogant de fille, avec ce corps vautré, nu comme un ver, béant dans sa demande impudique, sous le corps nu de Jim? Cette vulve indécente, vorace, cette chair rusée, implacable, dans toute la fleur, la souplesse et l'éclat de la jeunesse, exigeant que George s'écarte, s'incline, cède aux prérogatives de la femme, couvre de honte sa tête monstrueuse. Je suis Doris. Je suis la Femme. Je suis cette garce de Mère Nature. L'Eglise, les Lois, l'Etat sont là pour me soutenir. Je revendique mes droits biologiques. Je réclame Jim.

George s'est parfois demandé : « Est-ce que jamais, même en ce temps-là, je lui aurais souhaité une chose pareille? »

Et la réponse est : non. Ce n'est pas que George soit incapable d'une cruauté aussi diabolique, mais Doris, alors, était infiniment plus que Doris, elle était la Femme-Ennemie, réclamant Jim pour elle-même. A quoi bon détruire Doris, ou dix mille Doris, puisque de toute façon c'est la Femme qui triomphe? On ne pouvait combattre la Femme qu'en cédant, en laissant Jim faire avec elle ce voyage au Mexique; en le pressant de satisfaire toute sa curiosité, tout son amour-propre, tout son désir (surtout son amour-propre); en pariant qu'il reviendrait (ce qu'il fit), disant : « Elle me dégoûte! », disant : « Jamais plus! »

Et ton dégoût ne serait-il pas deux fois plus grand, Jim, si tu pouvais la voir aujourd'hui? Ne frémirais-tu pas d'horreur en songeant que peut-être, même alors, son corps que tu caressais, que tu embrassais avec avidité, que tu pénétrais de ta chair excitée, contenait déjà le germe de cette pourriture? Toi qui baignais si tendrement les plaies des chats, toi qui ne craignais jamais la puanteur des vieux chiens malades, tu avais pourtant horreur, malgré toi, des maladies humaines et des infirmes. Je sais une chose, Jim. J'en ai la certitude. Tu refuserais carrément de venir la voir ici. Tu serais incapable de t'y résoudre.

George contourne le paravent pour entrer dans la chambre, en faisant le moins de bruit possible. Et Doris tourne la tête et le voit sans montrer de surprise. Il est probable que pour elle, la frontière entre l'hallucination et la réalité devient fort ténue. Des silhouettes ne cessent d'apparaître, de disparaître. Si l'une d'elles vous fait une piqûre, alors vous pouvez être sûre qu'il s'agit bien d'une infirmière. Il se peut que George soit George, comme il se peut qu'il ne le soit pas. Par commodité, elle le traitera comme s'il était George. Pourquoi pas? Qu'est-ce que ça peut faire, dans les deux cas?

— Hello, dit-elle.

Ses yeux sont d'un bleu vif, sauvage, dans sa figure jaune de malade.

— Hello, Doris.

Voilà beau temps que George a cessé de lui apporter des fleurs ou d'autres présents. Rien de ce qu'il pourrait apporter de l'extérieur dans cette chambre n'a plus la moindre importance; pas même lui. Tout ce qui importe à Doris se trouve maintenant ici, dans cette pièce où elle se consacre à la tâche de mourir. Pourtant, sa préoccupation n'a pas l'air égoïste; elle n'exclut ni George, ni quiconque veut bien y prendre part. Cette préoccupation est celle de la mort, et nous pouvons tous y prendre part, à tout moment, à tout âge, malades ou en bonne santé.

George s'assied au chevet de Doris, et lui saisit la main. Eût-il fait cela il y a seulement deux mois, son geste eût été

— Presque trois heures. Moins quatre.

— Regardez dans le couloir, voulez-vous? Dites-moi s'il y a quelqu'un.

Il se lève, se rend à la porte, regarde au-dehors. Mais avant même qu'il n'y soit, Doris lui demande avec une impatience brutale :

— ... Alors?

— Je ne vois personne.

— Où donc est encore passée cette saloperie d'infirmière?

Ces mots ont jailli d'elle si brutalement, avec un si total désespoir!

— Voulez-vous que j'aille la chercher?

— Elle le sait bien, pourtant, qu'on me fait ma piqûre à trois heures! Le médecin le lui a dit. Elle s'en fout comme d'une guigne.

— Je vais la chercher.

— Cette garce ne viendra qu'à l'heure où ça lui chantera.

— Je suis sûr de vous la trouver.

— Non! Restez là.

— Bon.

— Asseyez-vous comme tout à l'heure.

— Bien sûr.

Il se rassied. Il sait qu'elle veut tenir sa main. Il la lui donne. Elle s'en empare avec une force étonnante.

— George...

— Oui?

— Vous allez rester ici jusqu'à ce qu'elle arrive, hein?

— Bien sûr, que je vais rester.

Son étreinte se resserre. Il n'y a là ni affection, ni communication. Doris ne s'accroche pas à une autre créature humaine. La main de George n'est qu'une chose à serrer. Il n'ose la questionner sur ses souffrances. Il a peur de faire apparaître quelque horreur obscène, quelque chose de visible, de tangible et de puant, ici même, entre eux, dans cette chambre.

Pourtant, sa crainte se double de curiosité. La dernière fois, l'infirmière lui a dit que Doris avait vu un prêtre. (Elle a reçu une éducation catholique.) Et, sûr comme deux et deux font quatre, là, sur la table de chevet, il y a une petite brochure, clinquante et mièvre ainsi qu'une carte de Noël : *Le Chemin de Croix*... Ah! mais quand la route se rétrécit jusqu'à la largeur de ce lit, quand on n'a plus devant soi rien de connu, oserait-on dédaigner un guide, quel qu'il soit? Peut-être Doris a-t-elle appris déjà quelque chose sur le voyage qui l'attend. Pourtant, même à supposer que ce soit le cas et que George puisse se résoudre à lui poser la question, jamais elle ne pourrait lui dire ce qu'elle saurait. Car cela ne peut s'exprimer que dans la langue de l'endroit où elle va. Et ce langage — bien que certains d'entre nous le débitent avec tant de faconde — n'a dans notre monde aucun sens véritable; dans notre bouche, ce ne sont que des mots.

Voici l'infirmière, souriante, sur le seuil.

— Vous voyez, aujourd'hui, je suis à l'heure!

Elle apporte, sur un plateau, la seringue hypodermique et les ampoules.

— Je vais me sauver, dit George en se levant aussitôt.

— Oh! ce n'est pas nécessaire, répond l'infirmière. Je vous demanderai seulement de sortir une petite seconde. Ça sera fait en un rien de temps.

— De toute manière il faut que je m'en aille, dit George avec le sentiment de culpabilité que l'on éprouve toujours à quitter une chambre de malade.

Ce n'est pas Doris elle-même qui le fait se sentir coupable. Elle paraît ne plus s'intéresser à lui du tout. Ses yeux sont fixés sur l'aiguille, dans la main de l'infirmière.

— Elle n'a pas été sage, dit l'infirmière. Nous n'arrivons pas à la faire déjeuner, hein?

— Alors, à bientôt Doris. Je reviendrai dans deux, trois jours.

— Adieu, George.

Doris ne lui jette pas même un regard, et le ton de sa voix est d'une indifférence totale. George sort de son univers, et par là cesse d'exister. Il lui prend la main et la serre. Elle ne réagit pas. Elle fixe des yeux l'aiguille brillante qui s'approche d'elle.

A-t-elle vraiment voulu dire *adieu*? Peut-être; ce sera bientôt vrai. En sortant de la chambre, George la regarde encore une fois par-dessus le paravent; il essaie d'attraper, de fixer dans sa mémoire un souvenir quelconque, de prendre conscience de l'événement ou du moins de son éventualité : la dernière fois que je l'ai vue en vie.

Rien. Ça n'a aucun sens. Il n'éprouve rien.

Alors qu'il serrait la main de Doris, là, tout de suite, il se rendait compte d'une chose : que les toutes dernières traces de la Doris qui avait tenté de lui prendre Jim avaient disparu de ce mannequin ratatiné, — et, avec elles, les dernières traces de sa propre haine. Tant que subsistait une seule goutte minuscule et précieuse de cette haine, George pouvait encore trouver en Doris un vestige de Jim. Car il avait haï Jim aussi, presque autant qu'elle, durant leur séjour ensemble au Mexique. Entre George et Doris, tel a été le lien. Et le voici rompu. Et voici qu'un nouveau fragment de Jim est à jamais perdu pour George.

Tandis que George, dans sa voiture, longe le boulevard, les grandes et lourdes décorations de Noël — rennes et clochettes, tendus en travers de la rue sur des câbles fixés à des arbres de Noël en métal — se balancent dans le vent frisquet. Mais ce ne sont que des publicités pour Noël, payées par les commerçants du quartier. Les clients se pressent dans les magasins et sur les trottoirs, le visage un peu hagard, les yeux reflétant, comme des boutons bien astiqués, l'éclat cynique des fêtes de fin d'année. A peine plus d'un mois auparavant, avant que Khrouchtchev n'eût accepté de retirer ses fusées de Cuba, ils se pressaient dans les marchés pour faire une razzia de haricots, de riz et autres denrées alimentaires, pour la plupart totalement impropres à la consommation dans les abris contre avions car il faut des litres d'eau pour les préparer. Or, les acheteurs ont été épargnés — pour cette fois. S'en réjouissent-ils? Ils sont trop bêtes pour ça, les pauvres chéris; ils ne sauront jamais à quoi ils ont échappé. Nul doute que ces achats en catastrophe leur laissent moins d'argent pour faire maintenant des cadeaux. Mais il leur en reste bien assez. Les commerçants prévoient que la Noël sera très convenable. Tout le monde peut se permettre de dépenser au moins un peu — à l'exception, peut-être, de quelques-uns des jeunes voyous (reconnaissables sur-le-champ pour des yeux expérimentés comme ceux de George) qui se tiennent, l'air mauvais, au coin des rues, ou contemplent les devantures en se ménageant le plus grand angle de vision pour épier autour d'eux.

Pour l'instant, George est bien éloigné de ricaner d'aucun de ces frères humains. Ils ont beau être grossiers, vénaux, bêtes et bas, George est fier, content, il éprouve une joie presque indécente à pouvoir se compter dans leurs rangs — les rangs de cette minorité merveilleuse : les Vivants. Ils ne connaissent pas leur bonheur, ces passants du trottoir; mais George connaît le sien — pour un petit moment du moins — car il revient du pays glacé de la Majorité, que Doris est sur le point de rejoindre.

Je suis vivant, se dit-il, *je suis vivant!* La chaude énergie vitale jaillit en lui, et la joie, et l'appétit. Que c'est bon d'habiter un corps — même cette vieille carcasse battue par les vents — encore pourvu de sang chaud, de vivante semence, de moelle riche et de chair saine! Les jouvenceaux à l'œil mauvais, aux coins des rues, le considèrent sans nul doute comme un croulant, au mieux comme un éventuel micheton. Il n'en prétend pas moins à une parenté lointaine avec la force de leurs jeunes bras, de leurs jeunes épaules, de leurs jeunes reins. Pour quelques dollars, il pourrait faire grimper dans l'auto n'importe lequel d'entre eux, le ramener chez lui, lui arracher blouson de cuir, jeans collants, chemise, bottes de cow-boy, et faire participer ce jeune athlète boudeur et nu à l'assaut de son plaisir. Mais George ne veut pas du corps vénal et peu consentant de ces garçons. Il veut jouir de son propre corps : le robuste vieux corps triomphant d'un survivant. Le corps qui a survécu à Jim, et qui va survivre à Doris.

Il décide de passer par le gymnase — bien que ce ne soit pas l'un de ses jours habituels — avant de rentrer chez lui.

Au vestiaire, George se déshabille, met ses chaussures de gym, son slip de sport et son short. Enfilera-t-il un tee-shirt? Dans le long miroir, il se regarde. Pas si mal. Les bourrelets de chair, par-dessus la ceinture du short, se remarquent moins aujourd'hui. Les jambes sont très bien. Les pectoraux, à condition de les bomber comme il faut, ne s'affaissent pas. Et tant qu'il n'a point ses lunettes, George ne voit pas les petites rides à l'intérieur des coudes, au-dessus des rotules, autour de son ventre rentré. Le cou ramolli, décharné quoi que George fasse, quel que soit l'éclairage, lui paraîtrait affreux même s'il était à moitié aveugle. Il a renoncé tout à fait à son cou, comme on abandonne une position stratégique intenable.

Il n'en a pas moins meilleur aspect — et il le sait! — que presque tous les hommes de son âge qui fréquentent ce gymnase. Non qu'ils soient tellement déjetés : ce sont des individus assez florissants. Ce qui ne va pas chez eux, c'est leur acceptation fataliste de l'âge qui vient, leur ignoble résignation à la condition de grands-pères, à la retraite imminente et au golf. George est différent d'eux car, en un sens difficile à définir mais qui saute immédiatement aux yeux quand on le voit nu, *il n'a pas renoncé.* Il continue à lutter; eux, non. Peut-être n'est-ce rien de plus mystérieux que la vanité qui lui donne cet air d'adolescent flétri. Oui, derrière ses rides, sa chair avachie, ses cheveux grisonnants, sa façade de fermeté, ses lèvres serrées, il transparaît parfois le fantôme de quelqu'un d'autre au visage tendre, juvénile, avenant. Combinaison bizarre, mais réelle.

Scrutant sévèrement le miroir, avec dégoût mais ironie, George se dit : « Vieil âne, à qui t'efforces-tu de plaire? » Et il enfile son tee-shirt.

Dans la salle, il n'y a que trois personnes : c'est encore trop tôt pour les employés de bureau. Un gros bonhomme pesant, du nom de Buck — tout ce qui reste à cinquante ans d'un joueur de football —, bavarde avec un jeune homme aux cheveux bouclés, du nom de Rick, lequel aspire aux gloires de la télévision. Buck est presque nu; son ventre roule sa masse indécente au-dessus d'une sorte de bikini qu'elle fait descendre jusqu'à la hauteur des poils. La pudeur lui est totalement inconnue, semble-t-il. Alors que Rick, qui possède un corps bien fait et musclé, porte un survêtement de laine grise et des pantalons qui le couvrent tout entier, du col aux poignets et aux chevilles.

— Salut, George, disent-ils l'un et l'autre, en lui adressant de la tête un signe désinvolte.

George a le sentiment qu'il s'agit là du salut le plus authentiquement amical qu'il ait reçu de la journée.

Buck est imbattable sur l'histoire du sport : une encyclopédie vivante de moyennes, de handicaps, de records et de scores. Il est en train de raconter comment Untel a descendu Untel au septième round. Il mime le coup final :

— Pif! Paf! La vache, il l'a bien eu!

Rick l'écoute, à califourchon sur un banc. Il règne toujours ici une atmosphère décontractée. Un garçon comme Rick, lequel consacre trois ou quatre heures à son entraînement, en passe la majeure partie à bavasser show biz, voitures de sport, football et boxe — très rarement sexe, ce qui est assez curieux. Peut-être est-ce en partie par respect pour la moralité des nombreux gosses et adolescents qui traînent là d'ordinaire. Quand Rick s'adresse à des adultes, il risque de se montrer combinard ou cabot; mais avec les gosses, il manifeste aussi peu d'affectation qu'un idiot de village. Il fait le clown à leur intention, exécute des tours de prestidigitation, leur raconte des histoires pince-sans-rire sur un magasin de Long Beach (il en cite l'adresse exacte) où — en de rares occasions, soudain, sans la moindre annonce préalable — on organise une Journée publicitaire. Ces jours-là, chacun des clients qui dépense plus d'un dollar gagne une Jag, une Porsche ou une MG. (Le reste du temps, ce lieu n'est qu'un banal magasin d'antiquités.) Mis au défi de montrer l'auto que lui-même a gagné, Rick emmène les gosses au-dehors pour leur désigner dans la rue une voiture adéquate. Lorsque, ayant regardé la fiche d'immatriculation du véhicule, ils constatent qu'il appartient à quelqu'un d'autre, Rick leur jure qu'il s'agit là de son véritable nom : il a pris un pseudonyme pour devenir acteur. Les gosses ne sont pas tout à fait incrédules; mais ils crient qu'il est un menteur, un dingue, et le bourrent de coups de poing. Rick, pendant ce temps, ravi, gambade à quatre pattes, comme un chien, à travers le gymnase.

George s'allonge sur une des planches inclinées, pour faire des exercices de redressement. C'est toujours là quelque chose qu'il faut se forcer à exécuter : le corps y répugne plus qu'à tout autre exercice. Tandis qu'il se met dans l'état d'esprit nécessaire, Webster vient s'étendre sur la planche voisine de la sienne. Webster a peut-être douze ou treize ans; il est mince, gracieux, grand pour son âge, avec de longues jambes lisses et dorées de jeune garçon. Doux, timide, il se meut à travers le gymnase dans une espèce de songe; mais il est assidu à l'entraînement. Nul doute qu'il ne se trouve trop maigre, et n'ait fait vœu de devenir un énorme monsieur Muscle, large comme une armoire à glace, balourd et pesant. George lui dit : « Salut, Web », et Webster lui répond : « Salut, George » en un chuchotement craintif et réservé.

Et voici que Webster commence à faire ses redressements; George, sur une impulsion soudaine, se dépouille de son tee-shirt afin de suivre son exemple. Cependant qu'ils continuent, George a le sentiment qu'il se développe entre eux une sympathie croissante. Ils ne rivalisent pas; mais il semble que la jeunesse et la souplesse de Webster s'emparent de George, et cette énergie d'emprunt est fabuleuse. George distrait son attention de ses propres muscles qui protestent, pour la concentrer sur le corps tendu et détendu de Webster; il en extrait la force de poursuivre au-delà de ses quarante redressements habituels, jusqu'à cinquante, soixante, soixante-dix, quatre-vingts. Va-t-il essayer d'atteindre la centaine? Mais, tout d'un coup, il s'aperçoit que Webster s'est arrêté. Ses propres forces l'abandonnent aussitôt. Il s'arrête également, hors d'haleine; Webster ne l'est pas moins. Ils restent couchés là, haletants, côte à côte. Webster tourne la tête pour considérer George, visiblement assez impressionné.

— Combien est-ce que vous en faites? demande-t-il.

— Oh!... ça dépend des fois.

— Ces trucs-là, c'est tuant! Bon sang!

Quelles délices, que d'être ici! Si seulement on pouvait passer la vie entière dans cet état d'insouciante démocratie physique! Personne ici n'est salaud, ni de mauvais poil, ni inquisiteur. La vanité, y compris les poses les plus outrageuses devant les miroirs, passe pour une chose toute naturelle. Ce jeune dieu de joueur de base-ball confie à tout le monde ses inquiétudes quant à la finesse de ses chevilles. Ce gros banquier, en s'enduisant la figure d'une crème de beauté, déclare avec simplicité : « Je ne peux me permettre de vieillir. » Aucun n'est parfait; aucun ne fait semblant de l'être. Même la demi-douzaine d'acteurs fort connus ne prend pas de grands airs. Les plus jeunes des gosses s'asseyent à côté d'hommes de soixante et soixante-dix ans, nus en toute innocence, au bain de vapeur; ils s'appellent par leurs prénoms. Nul n'est si hideux ou si beau qu'il ne soit admis comme un égal. Sûrement, chacun se montre ici plus gentil qu'au-dehors.

Aujourd'hui plus que d'habitude, George répugne à quitter le gymnase. Il fait le double des exercices qu'il est censé faire; il traîne au bain de vapeur; il se lave les cheveux.

Au moment où il se retrouve dans la rue, c'est déjà presque le crépuscule. Et voici qu'il prend une autre décision impulsive : au lieu de regagner directement la plage en voiture, il va faire un long détour à travers les collines.

Pourquoi cela? En partie parce qu'il veut jouir de la bonne humeur détendue et sans complication qui naît presque toujours d'une séance de gym. C'est si bon de sentir son corps satisfait et reconnaissant! Quelles que soient ses protestations, il aime qu'on le force à exécuter ces tâches. Désormais, pour un temps du moins, le plexus ne se contractera pas, le pylore se tiendra tranquille, l'arthrite des pouces et des genoux se taira. Et que c'est reposant de ne plus devoir haïr personne, maintenant que les stimulants ne sont plus nécessaires! George espère pouvoir conserver cette humeur tant que durera sa randonnée en voiture.

Il veut aussi revoir les collines; il n'a pas grimpé là-haut depuis longtemps. Voilà des années, avant même la rencontre de Jim, à son arrivée en Californie, George se rendait souvent dans les collines. Ce qui le fascinait, c'était le caractère sauvage de ces hauteurs, en grande partie désertes bien qu'elles jaillissent tout droit de la ville. Il éprouvait le frisson de s'y sentir étranger, intrus, de s'aventurer au cœur d'une nature primitive, hostile. Il y montait au crépuscule ou très tôt le matin, garait sa voiture, et s'éloignait au hasard des sentiers garde-feu; il apercevait des cervidés qui s'enfonçaient dans les broussailles d'un cañon, s'arrêtait pour regarder un faucon tournoyer au-dessus de sa tête, s'avançait à pas prudents entre les tarentules velues qui traversaient son chemin, suivait dans le sable des pistes tortueuses jusqu'à tomber sur un crotale enroulé, somnolent. Parfois, dans la pénombre de l'aube, il rencontrait une bande de coyotes qui trottaient à sa rencontre, la queue entre les jambes, en file indienne. La première fois, il les avait pris pour des chiens; et soudain, sans émettre un son, ils s'étaient mis à dévaler en désordre, avec de grands bonds étranges.

Mais cet après-midi, George ne retrouve plus rien de son exaltation d'antan; dès le départ, quelque chose ne va pas. La route abrupte, méandreuse, qui lui paraissait romantique, n'est plus que malaisée et dangereuse. Dans les virages, il ne cesse de rencontrer d'autres voitures, ce qui chaque fois l'oblige à faire une embardée rapide; le temps d'arriver au sommet, tout son sentiment de détente a disparu. Même ici, en haut, l'on construit de nouvelles maisons par douzaines; l'endroit prend un petit aspect banlieusard. Certes, il subsiste encore quelques cañons inhabités, mais George ne parvient pas à s'en réjouir : la présence de la ville, en bas, l'oppresse. Des deux côtés des collines, au nord et au sud, elle s'est propagée sur la plaine entière. Elle a dévoré les vastes prairies d'élevage, les dernières orangeraies; elle a asséché les lacs environnants, détruit les forêts de haute montagne. Bientôt, elle boira l'eau de mer dessalée. Ce qui ne l'empêchera pas de mourir. Nul besoin de fusées pour l'anéantir, ou d'une autre époque glaciaire pour la geler, ou d'un gigantesque tremblement de terre pour l'arracher à la côte et la précipiter dans le Pacifique. Elle mourra par trop d'extension. Elle mourra du dessèchement de ses racines : l'orgueil et l'avidité qui ont constitué ses uniques forces. Et le désert, condition naturelle de ce pays, se réinstallera.

Hélas, avec quelle tristesse, avec quelle certitude George en est conscient! Il arrête sa voiture, et, planté dans la boue jaune du bord de la route, à côté d'un buisson de manzanita, en contemplant Los Angeles avec les yeux d'un prophète de malheur hébreu, il se met à pisser. « Babylone, la grande cité, elle est tombée, tombée! » Mais cette ville n'est pas une grande cité, ne l'a jamais été, et n'a plus guère de place où tomber.

Il remonte la fermeture-éclair de sa braguette, reprend sa voiture et poursuit sa route, complètement déprimé. Les nuages bas cernent les collines, en leur donnant l'air triste et nordique du pays de Galles; le jour baisse; sur toute la plaine, les lumières allument soudain leurs couleurs de pierreries fausses, et la route en lacets redescend, en se rapprochant de l'océan, vers le boulevard du Crépuscule.

Le supermarché est encore ouvert; il ne fermera pas avant minuit. Sa vive lumière offre un abri contre la solitude et les ténèbres. Ici l'on pourrait passer des heures, protégé contre l'insécurité, à méditer sur la multiplicité des aliments. Juste ciel, il y en a tant! Tant de marques, dans des emballages éclatants qui vous souhaitent tous bon appétit! Sur les rayons, chaque article vous crie : « Prends-moi! Prends-moi! » Et la seule compétition de leurs appels est capable de vous faire croire que l'on a besoin de vous, voire que l'on vous aime. Mais attention : en rentrant dans votre chambre solitaire, vous vous apercevrez que le petit démon flatteur de la publicité s'est moqué de vous; il ne reste plus que du carton, de la cellophane et de la nourriture. Et vous n'avez plus le cœur à avoir faim.

Ce lieu scintillant n'est pas un abri véritable. Car, embusqué parmi ses bouteilles, ses cartons et ses boîtes de conserve, il y a le souvenir affreusement aigu de repas achetés, préparés, mangés avec Jim. Ce souvenir poignarde George tandis qu'il passe, poussant son chariot à provisions. Si nous ne mangions jamais seuls, souffririons-nous jamais vraiment de la solitude?

Mais déclarer : « Ce soir, je ne mangerai pas seul », n'est-ce pas un danger mortel? N'est-ce pas le début d'un long glissement sur la pente fatale? On commence par manger à des comptoirs et boire dans des bars, pour ensuite boire chez soi sans manger, sombrer dans le désespoir, jusqu'aux somnifères et à l'inévitable overdose finale. Mais qui m'oblige à être courageux? se demande George. Qui a besoin de moi, maintenant? Qui se soucie de moi?

Voilà que nous devenons pleurnichard, se dit-il en se forçant à choisir entre la morue, le faux filet haché, les steaks. Devant tout ça, il a une nausée de dégoût, puis une brusque fureur. Au diable, toute cette nourriture! Au diable, toute cette existence! Il a envie de planter là son chariot à provisions bien qu'il soit déjà plein. Mais ça donnerait un surcroît de travail aux employés, et l'un d'eux est mignon. L'autre solution : remettre lui-même le tout en place, lui semble un travail d'Hercule; car l'accablante fatigue de la tristesse s'est abattue sur lui. Cette fatigue qui vous pousse à vous coucher, et à rester au lit jusqu'à tomber malade.

Aussi roule-t-il son chariot jusqu'à la caisse; il paie, s'arrête sur le chemin du parking, entre dans la cabine téléphonique, compose un numéro.

— Allô.

— Allô, Charley.

— *Geo...!*

— Ecoute... est-ce qu'il est trop tard pour changer d'avis? A propos de ce soir? Tu sais... quand tu m'a appelé ce matin... je croyais que j'avais ce rendez-vous... mais je viens d'apprendre que...

— *Bien sûr,* que ça n'est pas trop tard!

Elle ne se donne même pas la peine d'écouter ses excuses mensongères. Sa joie atteint George instantanément, plus vite encore que ses paroles, à travers les méandres du fil. Aussitôt, Geo et Charley sont liés; ils forment, ce soir, un couple heureux de plus parmi tous les errants solitaires. Si les employés regardaient George, ils verraient, dans la cabine de verre, son visage s'éclairer, s'empourprer de joie comme celui d'un amant.

— Puis-je t'apporter quelque chose? Je suis au marché...

— Oh! non, Geo... non merci, mon chéri! J'ai des cargaisons de nourriture. Il paraît que je mange trop, ces temps-ci. Je suppose que c'est parce que...

— Alors, j'arrive dans un petit moment. Il faut d'abord que je passe à la maison. A presque tout de suite...

— Oh! Geo... quelle chance! quelle chance! *Au revoir!*

Mais si grande est la perversité de George que son humeur commence à tourner de nouveau, avant même qu'il ait fini de charger ses achats dans la voiture. « Est-ce que j'ai vraiment envie de la voir? » se demande-t-il; puis : « Pourquoi diable l'ai-je appelée? » Il se représente la soirée qu'il aurait pu passer, douillettement calfeutré chez lui, à préparer la nourriture qu'il vient d'acheter, puis à s'étendre sur le divan, à côté de la bibliothèque, pour lire jusqu'à ce que, peu à peu, le sommeil le gagnât. A première vue, il s'agit là d'une scène tout à fait convaincante et charmante de félicité domestique. Ce n'est qu'au bout de quelques instants que George constate l'omission qui la prive de sens. Ce qui manque au tableau, c'est Jim, étendu en face de lui à l'autre extrémité du canapé, lisant, lui aussi — tous deux absorbés dans leur lecture, et pourtant si totalement conscients de la présence de l'autre!

De retour chez lui, il troque son costume contre une chemise kaki des surplus militaires, des jeans d'un bleu délavé, des mocassins, un sweater. (Ce genre de tenue lui a quelquefois inspiré certains doutes : ne donne-t-il pas l'impression d'essayer de faire jeune? Mais Jim lui répondait que non, que c'était exactement ce qui lui convenait — qu'il avait l'air de Rommel en vêtements civils. George rayonnait.)

A l'instant précis où il est prêt à repartir, on sonne à la porte. Qui ça peut-il bien être à pareille heure?

Mrs. Strunk!

(« Qu'est-ce que j'ai encore bien pu faire pour qu'elle vienne se plaindre? »)

— Oh! bonsoir...

(De toute évidence elle est nerveuse, intimidée; très consciente, ça ne fait aucun doute, d'avoir franchi la limite du pont, et d'être en territoire ennemi.)

— ... Je sais que je m'y prends affreusement tard... Je... ça fait si souvent que nous voulions vous le demander... je sais combien vous êtes occupé... mais ça fait si longtemps que nous n'avons pas bavardé ensemble... et nous nous demandions... auriez-vous un petit moment pour venir à la maison prendre un verre?

— Vous voulez dire, là, tout de suite?

— Mais oui, pourquoi? Nous ne sommes que tous les deux, à la maison.

— Je suis vraiment désolé. Ça tombe mal : j'étais justement sur le point de sortir.

— Ah!... Bon. Je craignais bien que vous n'ayez pas le temps. Mais...

— Non, écoutez-moi », dit George, sincère. Il est extrêmement surpris, heureux, touché. « ... Ça me ferait *vraiment* plaisir. Est-ce que nous pouvons remettre?

— Mais oui, bien sûr...

Pourtant, Mrs. Strunk ne le croit pas. Elle sourit avec tristesse. Soudain, il paraît capital à George de la convaincre.

— Ça me ferait un *immense* plaisir de venir. Et si nous disions demain?

Le visage de Mrs. Strunk s'assombrit.

— Mon Dieu, demain... Demain, je crains que ça ne soit pas possible. Vous comprenez, demain nous avons des amis qui viennent de la Vallée, et...

« Et ils risqueraient de me trouver peu catholique, et vous auriez honte, se dit George. Bon, bon, j'ai compris. »

— Voyons, mais comment donc! dit-il. Alors, remettons ça à très bientôt, n'est-ce pas?

— Oh! *oui,* à *très* bientôt, approuve-t-elle avec ferveur.

Charlotte habite chemin Soledad, une rue étroite à flanc de colline, qui, le soir, est si encombrée de voitures garées des deux côtés que deux automobilistes ont peine à s'y croiser. Si vous arrivez après que ses habitants sont rentrés de leur travail, il vous faudra sans doute laisser votre voiture à plusieurs pâtés de maisons de distance, au bas de la colline. Mais le problème ne se pose point pour George, qui se rend à pied de chez lui jusqu'au domicile de Charley en moins de cinq minutes.

La maison de Charlotte est située vers le sommet de la colline, en haut de trois étages de marches de bois rustiques et bancales, soixante-quinze en tout. En bas, au niveau de la rue, une cabane délabrée, destinée à servir de garage. Charlotte l'a bourrée jusqu'au plafond de malles cabossées et de caisses de saloperies inutiles. Jim disait qu'elle faisait exprès de remplir ainsi le garage à seule fin de n'avoir pas de voiture. En tout cas, elle refuse obstinément d'apprendre à conduire. Si elle a besoin d'aller dans un endroit quelconque, et que nul ne lui propose de l'y emmener en voiture, eh bien alors tant pis, elle n'y va pas. Mais les voisins la dépannent presque toujours; elle les intimide et les ensorcelle avec ses manières britanniques, dont George lui-même s'entend si bien à tirer parti, quoique dans un autre domaine.

La maison voisine de celle de Charlotte est située au niveau de la rue. Quand vous commencez à gravir les marches, la fenêtre de la salle de bains vous donne un aperçu intime de cet intérieur sordide (reconnaissons-le franchement : Soledad est d'un niveau social nettement inférieur à celui de l'allée des Camphriers) : au-dessus de la baignoire sèchent des couches et des slips; à la douche pend un sac en plastique... Pour l'instant, aucun des gosses du voisin n'est en vue, mais on peut constater qu'ils ont piétiné le flanc de la colline au-dessus de chez eux au point d'en faire une surface glissante et dure comme brique, où ne survivent que quelques cactus. Au sommet de la pente, une espèce de potence, d'où pend un filet de basket-ball.

C'est à peine si l'on peut encore appeler jardin le terrain où se trouve la maison de Charlotte. Sur ses terrasses fleurissent quelques roses. Mais elles ont été gravement négligées : quand Charley souffre d'une de ses crises de dépression, même les pauvres plantes doivent en subir les conséquences. Elle les a laissé croître en un fouillis de longues pousses épineuses, séparées par des touffes de mauvaises herbes.

George monte lentement, sans se presser. (Seuls, les très jeunes gens n'ont pas honte d'arriver essoufflés.) Ces escaliers extérieurs sont caractéristiques de l'endroit. Quelques-uns présentent sur leurs marches les inscriptions peintes à l'origine par les colons un peu bohèmes, et adressées, semble-t-il, à des invités ivres, qui grimpaient à quatre pattes. « En avant! » « Oh! hisse! » « Courage! » « Ça va mal, mon pote! » « Dis donc, tu ne peux tout de même pas mourir *ici*! » « C'est-i pas le *paradis*? »

Ces escaliers sont devenus, pour ainsi dire, les instruments de la vengeance posthume des colons sur celles qui les ont supplantés : les maîtresses de maison modernes; car ils constituent un défi à tous les appareils ménagers. A moins de recourir à une grue géante, il n'existe absolument aucun moyen d'y monter quoi que ce soit autrement qu'à la main. Il a fallu des hommes robustes, jurant comme des sapeurs, pour pousser et tirer jusque chez Charley le réfrigérateur, le fourneau, la baignoire et tout le mobilier. Après quoi, ces braves ont gonflé leurs prix dans des proportions exorbitantes, et réclamé triple pourboire.

Au moment où George approche du sommet, Charley sort de chez elle. Comme à son habitude, elle le guettait; elle craignait sûrement un contre-ordre au dernier instant. Ils se rencontrent devant la porte d'entrée, sur la véranda de bois exiguë et fragile, et s'embrassent. George sent le tendre corps volumineux de Charlotte se presser contre le sien. Puis, brusquement, elle le libère avec une bonne tape dans le dos, comme pour lui montrer son intention de ne pas exagérer les témoignages d'affection; elle sait se tenir.

— Entre donc, dit-elle.

Avant de la suivre à l'intérieur, George jette un coup d'œil, par-dessus la petite vallée, sur la file des lampadaires de la promenade, là où commencent la plage et le sombre océan invisible. La nuit est douce et sans un souffle; des bancs de brume de mer, en bas, voilent les lumières des maisons. De cette véranda, quand le brouillard est vraiment épais, on ne peut plus distinguer du tout les maisons, les lumières ne sont plus que des halos, et le nid de Charlotte semble merveilleusement à l'écart du reste du monde.

C'est une simple boîte rectangulaire, une de ces maisons préfabriquées datant de l'immédiat après-guerre. Les journaux en chantaient les louanges; on saluait en elles les demeures de l'avenir; mais cette publicité n'a pas pris. La décoration de la salle de séjour, tapissée de tatami, évoque plus qu'un peu le bazar oriental. Une lanterne de maison de thé près de la porte, des clochettes éoliennes aux fenêtres, un gigantesque cerf-volant de papier rouge, figurant un poisson, épinglé au mur. Deux rouleaux peints : un tigre furieusement japonais qui montre les crocs à un aigle (américain?) en train de fondre sur lui; un Bienheureux assis sous un arbre, avec au menton une demi-douzaine de poils longs de plusieurs aunes. Trois divans bas sont jonchés de coussins de soie bariolés, trop petits pour être d'une quelconque utilité mais parfaits pour lancer à la tête des gens.

— ... Dis donc, je trouve que ça pue la cuisine, là-dedans! s'écrie Charlotte.

On ne saurait le nier. Poli, George répond que l'odeur est délicieuse et le met en appétit.

— A la vérité, j'essaie une nouvelle recette de ragoût. Je l'ai dénichée dans un merveilleux livre de voyage que Myrna Custer vient de m'apporter — sur Bornéo. Seulement, l'auteur est un peu vague; aussi ai-je dû improviser. Je veux dire : l'auteur ne l'indique pas noir sur blanc, mais je soupçonne que l'on est *censé* faire ce ragoût avec de la chair humaine. En réalité, j'ai utilisé un restant de gigot...

Elle a beau être bien plus jeune que George — quarante-cinq ans à son prochain anniversaire —, déjà, comme lui, c'est une survivante. Elle a la ténacité meurtrie, typique de la survivante. A en juger d'après les photographies, elle a été plutôt jolie, aussi longtemps que ses grands yeux gris s'accompagnaient de la douceur d'un teint de jeune fille. Aujourd'hui, ses pauvres joues sont boursouflées, couperosées, et ses cheveux, qui devaient jadis faire autour de son visage une auréole charmante, ne sont plus que mal coiffés. Pourtant, elle n'a pas renoncé. Son habillement témoigne d'une coquetterie malencontreuse, grotesque mais touchante : blouse paysanne brodée de couleurs crues, rouge, jaune et violet, aux manches retroussées jusqu'aux coudes; jupe mexicaine, genre gitane, qui ressemble à une couverture maintenue à la taille par une ceinture de cow-boy cloutée d'argent — ce qui ne réussit qu'à la rendre plus informe. Et s'il faut absolument qu'elle aille pieds nus dans des sandales, pourquoi ne pas se faire les ongles des orteils? (Il se peut qu'un reste de puritanisme des classes moyennes des Midlands soit ici à l'œuvre.) Jim lui a dit un jour en blaguant, à propos d'un accoutrement du même acabit : « Je vois que tu as adopté notre costume indigène, Charlotte. » Elle a ri sans s'offenser le moins du monde, mais sans comprendre. Elle n'a toujours pas compris. C'est ainsi qu'elle se représente la tenue de fantaisie, décontractée, en Californie; en toute sincérité, elle ne voit pas la moindre différence entre sa façon de s'habiller et celle de Mrs. Peabody, sa voisine.

— ... Te l'ai-je dit, Geo?... Non, je suis sûre que non. J'ai déjà pris deux résolutions pour la nouvelle année. Mais elles sont applicables immédiatement. D'abord, j'ai l'intention d'admettre que j'ai horreur du bourbon. J'ai fait semblant de l'aimer depuis mon arrivée en Amérique — uniquement parce que Buddy en buvait. Mais il faut regarder les choses en face : à quoi bon, *maintenant*?

Elle adresse à George un très courageux, un très lumineux sourire afin de le rassurer : non, ceci n'est pas le début d'une crise de cafard à propos de Buddy. Puis elle enchaîne rapidement :

— ...Et voici ma seconde résolution : je vais cesser de nier la véracité d'une odieuse accusation — oui, les femmes préparent les boissons trop fortes, bon Dieu! Ça doit venir de notre terrible désir de plaire... Aussi, commençons dès aujourd'hui le nouveau régime, hein? Viens préparer ton verre et le mien; pour moi, ça sera une vodka-tonic, s'il te plaît.

De toute évidence, elle en a déjà pris au moins deux. Ses mains tremblent en allumant une cigarette. (Le cendrier indonésien est plein de mégots maculés de rouge à lèvres, comme d'habitude.) Ensuite, elle le précède vers la cuisine avec sa curieuse démarche dandinante, presque la boiterie que donne l'arthrite et le genre d'embonpoint qui l'accompagne.

— ...C'est vraiment gentil à toi d'être venu ce soir, Geo.

Il exécute le sourire approprié, mais garde le silence.

— ...Tu as décommandé ton autre rendez-vous, hein?

— Pas du tout! Je te l'ai dit au téléphone : ce sont les autres qui se sont décommandés à la dernière minute...

— Allons, Geo, mon chéri! Tu sais, je me dis quelquefois que lorsque tu fais quelque chose de vraiment gentil, tu en as honte ensuite! Tu savais parfaitement à quel point j'avais besoin de toi ce soir; c'est pourquoi tu as décommandé ce rendez-vous. Dès que tu as ouvert la bouche, j'ai su que tu me racontais des craques! On ne se la fait pas entre nous — il y a beau temps que je m'en suis aperçue, *moi.* Pas *toi,* après tant d'années?

— J'aurais bien dû, reconnaît-il en souriant.

Il songe : « En voilà une absurdité universellement admise, que vos meilleurs amis doivent être nécessairement ceux qui vous comprennent le mieux! Comme si déjà il n'y avait pas dans le monde beaucoup trop de compréhension comme ça! En particulier, la compréhension entre amants, célébrée par la chanson et le roman, qui est en réalité une telle torture qu'il n'y en a pas deux qui puissent la supporter sans des séparations ou des affrontements fréquents. Ma bonne vieille Charley, pense-t-il en préparant leurs verres dans la cuisine encombrée et douteuse, comment me serais-je sorti de ces dernières années sans ton merveilleux manque de perspicacité? Combien de fois, quand Jim et moi venions te voir après nous être disputés — boudeurs, chacun évitant les yeux de l'autre, ne nous adressant l'un à l'autre qu'à travers toi —, as-tu réussi à nous rabibocher du seul fait que tu ignorais que quelque chose clochait? »

Et maintenant, tandis que George verse la vodka (une vodka légère, pour freiner Charlotte) et le scotch (un scotch plus tassé, pour la rattraper), il commence à éprouver ce sentiment tout à fait mystérieux quoiqu'il n'ait rien d'inouï — non point la béatitude, non point l'extase, non point la joie —, uniquement le simple bonheur — das Glück, the happiness, la felicidad : on lui a donné les trois genres, mais il faut bien admettre, fût-ce à contrecœur, que ce sont les Espagnols qui ont raison — le bonheur est le plus souvent féminin, à savoir, créé par la femme. Charley le crée étonnamment souvent; à coup sûr, il s'agit encore là d'une chose dont elle n'a pas conscience, car elle est capable de le créer même quand elle est malheureuse. Quant à George, sa felicidad est suprêmement égoïste; il peut en jouir imperturbablement alors que Charley se trouve en proie au cafard-Buddy ou à la crise-Fred (ce soir, de toute évidence il y en a une qui se prépare). Il advient pourtant qu'on doive essuyer le cafard de Charlotte sans bénéficier d'aucune felicidad, ce qui est d'un mortel ennui. Mais pas ce soir. Ce soir, George va bien s'amuser.

Entre-temps, Charlotte a jeté un coup d'œil dans le four, puis en a refermé la porte, annonçant : « Encore vingt minutes » avec l'absolue confiance du grand chef qu'elle n'est pas, tant s'en faut!

Tandis qu'ils regagnent le salon, verre en main, elle déclare :

— ... Fred m'a téléphoné; hier au soir, tard.

Cela prononcé de son ton de crise, uni, retenu à l'excès.

— Ah?

George parvient à exprimer une surprise suffisante.

— ... Où est-il, en ce moment?

— A Palo Alto.

Charlotte s'assied sur le divan, sous le poisson de papier, consciemment théâtrale, comme si elle avait dit : « En Sibérie. »

— A Palo Alto... il y est déjà allé, non?

— Bien sûr que oui. C'est là qu'habite cette fille. Il est avec elle, bien entendu... Il faut absolument que je perde l'habitude de dire « cette fille ». Elle porte un nom tout à fait honorable, et je ne peux pas prétendre l'ignorer : Loretta Marcus... Quoi qu'il en soit, les gens que fréquente Fred, ce que cette fille fabrique avec lui, ça ne me regarde pas. Sa mère à elle ne paraît pas s'en soucier. Allons, ne pensons pas à tout ça... Nous avons parlé longuement. Cette fois, je dois dire qu'il a été très gentil, très raisonnable. Du moins, je sentais à quel point il s'efforçait de l'être... Geo, ça ne sert à rien de continuer comme ça. Il est vraiment, *vraiment* décidé. Il veut la rupture complète.

Sa voix tremble dangereusement. George dit sans conviction :

— Il est encore terriblement jeune.

— Il est terriblement vieux pour son âge, oui. Voilà déjà deux ans qu'il pourrait se débrouiller seul, s'il le fallait. Pour la simple raison qu'il est encore mineur, je ne peux pas le traiter en enfant — je veux dire : appeler les gendarmes pour le faire revenir. Du reste, *jamais* il ne me le pardonnerait.

— Il a déjà changé d'avis.

— Oh! je sais bien. Je sais aussi que tu penses qu'il ne s'est pas bien conduit envers moi, Geo. Je ne t'en veux pas de penser ça. Je veux dire : c'est bien naturel que tu prennes ma défense. Et puis, tu n'as jamais eu d'enfants à toi... Tu ne m'en veux pas de te parler comme ça, Geo, mon chéri? Oh! pardonne-moi...

— Ne fais pas l'idiote, Charley.

— Même si tu avais eu des enfants, ce ne serait pas vraiment pareil. Ce truc Mère-Fils — je veux dire : surtout quand il a fallu l'élever sans son père —, c'est réellement infernal. Je veux dire : on a beau faire l'impossible — quoi qu'on fasse, quoi qu'on dise, il semble que ça tourne mal. Je l'étouffe : voilà ce qu'il m'a sorti, un jour. Au début, je ne comprenais pas... C'est bien simple, je ne pouvais pas l'admettre... Mais aujourd'hui, je l'admets... Il le faut... Et je *crois* sincèrement que j'y arrive... Il doit vivre sa vie... Tout à fait en dehors de moi... Même s'il m'en suppliait à genoux, c'est bien simple : je ne dois plus le voir pendant longtemps, longtemps... Pardonne-moi, Geo... Je ne l'ai pas fait exprès... Pardonne... Pardonne-moi...

George se rapproche d'elle sur le divan, l'entoure d'un de ses bras, presse doucement contre lui son gros corps sanglotant, sans parler. Ce n'est pas de la froideur; ce n'est pas un manque d'émotion. Il est sincèrement navré pour Charley du gâchis où elle se trouve — et pourtant, la felicidad demeure intacte; George se sent en pleine forme. Il se sert de sa main libre pour boire une gorgée, en veillant à ce que son mouvement passe inaperçu de l'autre côté de sa personne.

Mais comme il est étrange d'être assis ici avec Charley qui sanglote, alors qu'il songe à ce soir où le téléphone avait sonné de l'Ohio! Un oncle de Jim, que George ne connaissait pas, tâchait de lui manifester sa sympathie, accordait même à George le droit à une petite part honoraire du chagrin familial et sacré; mais ensuite, au fur et à mesure de la conversation, cet oncle avait été un peu refroidi par le laconisme des « oui, oui, je comprends » de George; par son sec « non, merci » à l'invitation aux obsèques; il en avait conclu, sans doute, que ce compagnon de chambre sur lequel on avait tant jasé n'avait pas été, au bout du compte, un ami si intime... Et puis, cinq minutes au moins après que George eut raccroché, quand l'avait frappé la première onde de choc, quand la nouvelle dépourvue de signification avait soudain pris tout son sens, — sa course folle, à perdre haleine, vers le haut de la colline, dans l'obscurité, en trébuchant aveuglément sur les marches, les coups cognés à la porte de Charley, les pleurs, les sanglots, les hurlements sur son épaule, sur ses genoux, sur toute sa personne; et Charley qui le serrait contre elle, qui lui caressait les cheveux, qui lui disait... ce que l'on dit dans ces cas-là... En fin d'après-midi, le lendemain, lorsqu'il avait secoué l'hébétude des somnifères qu'elle lui avait donnés, il n'avait ressenti que du dégoût : « Je t'ai trahi, Jim; j'ai trahi notre vie ensemble; j'ai fait de toi une larmoyante histoire de bonne femme. » Mais ce n'était là qu'une crise d'hystérie, une partie de la deuxième onde de choc. Cela s'était rapidement dissipé. Entre-temps, Charley — béni soit son cœur imbécile! — prenait la situation en main de plus en plus complètement : elle lui préparait ses repas, les descendait chez lui quand il n'était pas là, les plats enveloppés de papier d'étain, prêts à être réchauffés; elle lui laissait des petits mots pour le presser de l'appeler à n'importe quelle heure où il en éprouverait le besoin, fût-ce au milieu de la nuit; elle cachait la vérité à ses amis d'une bouche si cousue de fil blanc qu'ils ne purent manquer de suspecter Jim d'avoir fui la Californie à la suite d'une affaire de mœurs, au point qu'en fin de compte elle avait transformé la mort de Jim en une création toute personnelle, une farce énorme. (Maintenant, George en sourit dans son for intérieur.) Certes, il est content d'avoir couru à elle, ce soir-là. Ce soir-là, en pleine ignorance de cause, elle lui a donné une leçon qu'il n'oubliera jamais : à savoir que l'on ne pourrait trahir (quelle expression idiote!) un Jim, ou une vie avec un Jim, même si on le désirait.

Les sanglots de Charlotte se sont calmés. Après deux ou trois reniflements, elle répète : « Pardon » et s'arrête.

— ...Je me demande tout le temps à quel moment précis les choses ont commencé de mal tourner...

— Oh! Charley, pour l'amour du ciel, à quoi bon?

— Bien sûr, si Buddy et moi nous étions restés ensemble...

— Qui pourrait dire que c'est ta faute?

— Il y a toujours de la faute des deux.

— Tu as de ses nouvelles, ces temps-ci?

— Mais oui, quelquefois. Il sont toujours à Scranton. Il est en chômage. Et Debbie vient d'avoir un autre enfant — leur troisième —, encore une fille. Je ne comprends pas comment ils y arrivent. J'essaie tout le temps de l'empêcher de continuer d'envoyer de l'argent, bien que ce soit pour Fred. Mais il est si entêté, le pauvre chou, quand il estime son devoir en jeu. Mon Dieu, dorénavant, je suppose que lui et Fred auront à résoudre entre eux la question. Moi, je suis complètement hors du coup...

Petite pause morne. George lui administre sur l'épaule une tape encourageante.

— Et si on s'envoyait un petit remontant, avant le ragoût?

— L'idée me paraît géniale!

Elle rit tout à fait gaiement. Mais au moment où il lui prend son verre, elle lui caresse la main avec un regain momentané d'émotion.

— ...C'est fou ce que tu peux être chic avec moi, Geo.

Ses yeux s'emplissent de larmes. Mais il peut décemment feindre de ne les avoir pas remarquées; il s'éloigne.

« Si c'était moi que le camion avait embouti, se dit-il en entrant dans la cuisine, Jim serait ici, ce soir, il franchirait le seuil de cette porte, ces deux verres à la main. Ce n'est pas plus compliqué que ça. »

— Nous voilà donc ici, rien que nous deux, dit Charlotte. Rien que toi et moi.

Ils boivent le café, après dîner. Le ragoût était une réussite, bien qu'il ne différât guère de tous les autres ragoûts de Charlotte; il ne présentait avec Bornéo que des rapports presque purement littéraires.

— ...Rien que nous deux, répète-t-elle.

George lui adresse un sourire vague; il ne sait pas encore s'il s'agit d'une entrée en matière, ou seulement de la sentimentalité chaleureuse et sentencieuse que suscite le vin. Ils en ont bu environ une bouteille et demie à eux deux.

Mais alors, lentement, pensivement, comme s'il ne s'agissait que d'une rêverie féminine hors de propos, elle ajoute :

— ...D'ici un jour ou deux, je suppose, il va falloir que je me décide à débarrasser la chambre de Fred.

Un silence.

— ...Je veux dire : tant que je ne l'aurai pas fait, je n'aurai pas le sentiment que tout est vraiment fini. Pour s'en convaincre il faut faire quelque chose. Tu vois ce que je veux dire?

— Oui, Charley. Je crois.

— J'enverrai à Fred tout ce dont il a besoin, bien sûr. Le reste, je peux le mettre de côté. A la cave, la place ne manque pas.

— As-tu l'intention de louer sa chambre? demande George.

Car, si elle a effectivement une idée derrière la tête, autant y arriver tout de suite.

— Oh! non, impossible... En tout cas, pas à un inconnu. Il ne serait pas assez indépendant. Il devrait faire partie de la famille... Mon Dieu, il faut absolument que je cesse d'employer cette expression... La force de l'habitude... Mais toi, tu me comprends, Geo. Il faudrait que ce soit quelqu'un de très intime...

— Je vois.

— Tu sais, toi et moi — c'est drôle —, nous sommes vraiment logés à la même enseigne, maintenant. Nos maisons sont pour ainsi dire trop grandes pour nous, tout en étant trop petites.

— Question de point de vue.

— Oui... Geo, mon chéri... si je te demande ça... ce n'est pas pour me mêler de ce qui ne me regarde pas...

— Vas-y.

— Maintenant que... comment dire?... maintenant qu'il s'est passé un certain temps... as-tu toujours l'intention de vivre seul?

— Je n'ai jamais eu l'intention de vivre seul, Charley.

— Oh! je sais bien! Pardonne-moi. Je n'ai pas voulu dire...

— J'en suis persuadé. Il n'y a pas le moindre mal.

— Bien entendu, je sais ce que tu dois ressentir au sujet de ta maison... Tu n'as jamais songé à déménager, n'est-ce pas?

— Non... pas sérieusement.

— Non...

(Ton de léger regret.)

— ...Je le pensais bien. Je suppose qu'en restant là-bas tu te sens plus près de Jim. Je me trompe?

— C'est peut-être ça.

Elle étend le bras et lui presse longuement la main, en signe de compréhension profonde. Puis elle écrase son mégot, et (courageuse, maintenant, pour tous les deux) dit gaiement :

— Voudrais-tu nous donner à boire, Geo?

— La vaisselle d'abord.

— Oh! mon chéri, laissons-la, je t'en prie! Je la ferai

demain matin. Je veux dire : ça me fera *plaisir*. Ça m'occupe, en ce moment. Il y en a si peu...

— Pas de discussion, Charley! Si tu refuses de m'aider, je la ferai tout seul.

— Oh! Geo, tu es terrible!...

Et maintenant, une demi-heure plus tard, les voici de retour au salon, un verre plein à la main.

— Comment peux-tu faire semblant de ne pas l'aimer? lui demande-t-elle, d'un ton de reproche coquet, taquin. Ce pays te manque... Tu voudrais y retourner... Tu le sais bien!

C'est l'un de ses dadas.

— Je ne fais semblant de rien, Charley, pour l'amour du ciel! Tu ne tiens jamais compte du fait qu'en réalité j'y suis retourné plusieurs fois; et pas toi... Je suis entièrement d'accord pour admettre qu'il me plaît un peu plus chaque fois que j'y retourne. De fait, à l'instant précis, je crois que c'est sans doute le plus extraordinaire pays du monde : un si merveilleux méli-mélo! Tout a changé, et pourtant rien n'a changé... Je ne crois pas te l'avoir jamais raconté : l'an dernier, au milieu de l'été, quand Jim et moi nous étions là-bas, tu te souviens, nous avons fait un tour à travers les Cotswolds. Eh bien, un matin, nous avons pris un tortillard et nous nous sommes arrêtés dans un village tout droit sorti d'un poème de Tennyson : prés somnolents, vaches paresseuses, colombes roucoulantes, ormes séculaires, manoir élizabéthain visible à travers les arbres. Et là, sur le quai, il y avait deux porteurs, vêtus exactement du même costume que les porteurs du dix-neuvième siècle. Seulement, c'étaient des Noirs de la Trinité. Et l'employé auquel on donnait les billets au portillon, c'était un Chinois. J'en serais mort de plaisir. Je veux dire : c'était la touche finale, qui avait manqué pendant toutes ces années. Elle apportait la perfection à l'ensemble...

— Je ne suis pas sûre que j'aurais apprécié ce détail, dit Charlotte.

Son romantisme en a reçu un coup, ainsi qu'il l'avait prévu. Et même, c'était pour la taquiner qu'il avait raconté cette histoire. Mais elle ne se laisse pas abattre. Il lui en faut davantage. L'ivresse la fait rêver éveillée.

— ...Et puis tu es allé dans le Nord, n'est-ce pas, lui souffle-t-elle, voir ta maison natale?

— Oui.

— Raconte.

— Oh! Charley... je te l'ai raconté des douzaines de fois!

— Raconte-le-moi encore... *s'il te plaît,* Geo!

Elle est tenace comme un enfant; et George a rarement le courage de lui refuser, surtout quand il a quelques verres dans le nez.

— Autrefois, c'était une ferme, tu sais. Elle a été construite en 1649 : l'année où l'on a décapité Charles Iᵉʳ...

— *1649!* Oh! Geo... c'est prodigieux!

— Il y a plusieurs autres fermes, dans le voisinage, qui sont encore beaucoup plus vieilles... Bien sûr, elle a subi un grand nombre de transformations. Les gens qui l'habitent aujourd'hui — lui, c'est un réalisateur de télévision à Manchester — ont pratiquement refait l'intérieur : mis un nouvel escalier, une salle de bains supplémentaire, et modernisé la cuisine. Et l'autre jour, ils m'ont écrit qu'ils ont maintenant le chauffage central...

— Quelle horreur! Il devrait y avoir une loi pour empêcher de massacrer les belles demeures anciennes. Cette fureur de mettre les choses au goût du jour — je suppose qu'elle leur vient de ce maudit pays.

— Ne fais pas l'idiote, Charley chérie! L'endroit était

presque inhabitable, vu l'état où il se trouvait. Il est construit dans une pierre du pays qui semble absorber la moindre goutte d'humidité contenue dans l'air. Et l'air en contient beaucoup, avec cet affreux climat. Même en été, les murs suintaient; et l'hiver, si tu entrais dans une pièce où l'on n'avait pas allumé de feu depuis plusieurs jours, il y régnait un froid mortel. De fait, la cave sentait le sépulcre. De la moisissure se formait sans arrêt sur les livres, le papier des murs n'arrêtait pas de perler, et les cadres des tableaux avaient des taches d'humidité...

— Tu as beau dire, mon chéri, ça paraît toujours si merveilleusement romantique! Tout à fait comme dans *les Hauts de Hurlevent*!

— En réalité, c'est presque une banlieue, aujourd'hui. On descend une petite allée, et on tombe sur la grand-route avec ses autobus qui partent toutes les vingt minutes pour Manchester.

— Mais tu ne m'as pas dit que la maison se trouve au bord de la lande?

— Eh bien, si. C'est là son étrangeté. Elle se trouve à cheval sur deux mondes... Quand on regarde de la chambre où je suis né, la vue n'a pas du tout changé depuis mon enfance. On ne voit toujours presque pas de maisons — juste l'immensité des collines, les murets de pierre qui les sillonnent, et les rares petits pointillés des fermes blanchies à la chaux. Et, bien sûr, les arbres qui entourent la vieille cour ont été plantés longtemps, longtemps avant ma naissance — pour abriter la maison; il y a beaucoup de vent, là-haut, sur la crête; de grands hêtres... Ils font une espèce de rumeur bouillonnante, comme des vagues... C'est l'un des bruits les plus anciens dont je me souvienne... Il m'arrive de me demander si c'est pour cette raison que j'ai toujours voulu vivre au bord de l'océan...

Quelque chose est en train de se passer chez George.

Pour faire plaisir à Charley, il a commencé une opération magique; et voici que la magie s'empare de lui. Il en est tout à fait conscient — mais où est le mal? C'est un amusement qui ajoute à l'ivresse une dimension nouvelle. Tant qu'il n'y a que Charley pour l'entendre! Elle pousse à présent de profonds soupirs de sympathie ravie : le ravissement du drogué lorsqu'une autre personne admet qu'elle est envoûtée, elle aussi.

— ...Il y a un petit bistrot, tout là-haut sur la lande, la dernière maison du village... En fait, il est situé au bord de la vieille route des diligences, sur les collines, une route qui ne sert presque plus aujourd'hui. Jim et moi, nous y allions le soir. Il s'appelle " Au garçon de ferme." L'arrière-salle a un de ces plafonds bas, incurvés, tu sais, aux poutres de chêne gondolées, et une grande cheminée. Au mur, des têtes de renard empaillées. Et une gravure qui représente la reine Victoria sur un poney dans les Highlands...

Charlotte est si heureuse qu'elle en bat des mains.

— Geo! Je vois tout ça comme si j'y étais!

— Un soir qu'on s'y trouvait, ils sont restés ouverts plus tard, parce que c'était l'anniversaire de Jim — je veux dire qu'ils avaient fermé la porte et continuaient à servir des boissons comme si de rien n'était. C'était merveilleusement intime; nous avons sifflé canette sur canette de Guinness, beaucoup plus qu'il n'était nécessaire, pour l'unique raison que c'était illégal. Il y avait là un " type " — c'est comme ça que tout monde l'appelait : « Ah! c'est un type, celui-là » — du nom de Rex, une espèce de beatnik des campagnes. Il exerçait le métier d'ouvrier agricole, mais seulement en cas d'absolue nécessité. Il a commencé de parler sur un ton supérieur, pour nous impressionner. Il disait à Jim : « Vous autres, les Amerloques, vous vivez dans un rêve! » Mais ensuite, il s'est beaucoup radouci, et en rentrant à pied à l'auberge où nous étions descendus, complètement bourrés maintenant, Rex et moi nous sommes découvert un point commun : nous savions tous deux par cœur *Vitae lampada,* de Newbolt, que nous avions appris en classe. Aussi, comme il se doit, nous avons commencé de gueuler : « Allons, allons, jouons le jeu! » Arrivés au second vers, où les sables du désert boivent le sang rouge, j'ai dit : « Le colonel est enrayé, la mitrailleuse est morte. » Rex a trouvé que c'était la plaisanterie de l'année. Quant à Jim, il s'est assis au beau milieu de la route, et, la figure enfouie dans les mains, il a poussé un formidable gémissement...

— Tu veux dire qu'il ne trouvait pas ça drôle?

— Jim, ne pas trouver ça drôle? Il ne s'était jamais autant amusé! Un moment, j'ai cru que je ne pourrais jamais l'arracher à l'Angleterre. Et sais-tu qu'il était tombé amoureux fou de ce bistrot? Le reste de la maison est très séduisant, je dois reconnaître. Il y a une salle au premier dont on pourrait véritablement tirer quelque chose. Et un jardin de bonne taille. Jim voulait que nous achetions l'établissement, que nous allions y vivre et l'exploiter ensemble.

— Quelle idée merveilleuse! Oh! quelle tristesse que ça n'ait pu se faire!

— A la vérité, ça n'aurait pas été impossible. Nous avons pris des renseignements. Je crois que nous aurions pu les convaincre de vendre. Et nul doute que Jim se serait mis à l'exploitation d'un bistrot comme il se mettait à tout. Bien sûr, il aurait fallu une affreuse quantité de paperasserie, d'autorisations et le reste... Oh! oui, nous en avons discuté. Nous allions jusqu'à former le projet d'y retourner cette année pour examiner plus à fond le problème...

— Tu crois que... je veux dire, si Jim... vous auriez *vraiment* acheté pour vous établir là-bas?

— Qui sait? Nous faisions sans arrêt des projets de ce genre. Nous n'en parlions presque jamais aux autres, même à toi. Peut-être parce que nous savions, au fond de nous, qu'ils étaient dingues. Pourtant, nous en avons fait, des choses dingues, non? Eh bien, maintenant, nous ne saurons jamais... Ma chère Charlotte, nous avons tous les deux besoin d'un verre.

Il entend soudain Charlotte dire :

— Je suppose que pour un homme, c'est différent...

(*Qu'est-ce* qui est différent? Se serait-il assoupi durant quelques secondes? Il se secoue pour se réveiller.)

— ...Tu sais, je le croyais à propos de Buddy. Il aurait pu vivre n'importe où. Il aurait pu parcourir des centaines et des centaines de kilomètres à travers des endroits impossibles, et puis soudain, hop! il plantait sa tente, déclarait l'endroit possible, et l'endroit devenait effectivement possible, par la seule vertu de sa parole. Après tout, n'est-ce pas là ce qu'ont fait les pionniers dans ce pays, il n'y a pas si longtemps? Buddy devait avoir ça dans le sang — mais plus maintenant, à coup sûr. Debbie ne supporterait jamais ce genre de chose... Non, Geo, je te jure que ce n'est pas une vacherie de ma part! Moi non plus, au bout du compte, je ne l'aurais pas supporté. Les femmes sont ainsi faites : nous avons absolument besoin de racines. Bien sûr, on peut nous transplanter — mais c'est un homme qui doit le faire, et, une fois qu'il l'a fait, il doit rester avec nous, et se flétrir... je veux dire arroser... je veux dire : les nouvelles racines se flétrissent si on ne les arrose pas...

Sa voix s'est épaissie. Et voici qu'elle imprime à sa tête une brusque secousse, tout comme George quelques instants plus tôt.

— ...Est-ce que je me fais bien comprendre?

— Oui, Charley. Tu n'essaies pas de me faire savoir que tu as décidé de rentrer?

— Tu veux dire : de rentrer chez *nous*?

— Est-tu bien sûre que ça soit encore chez *nous*?

— Oh! Dieu... je ne suis sûre de rien... mais... maintenant que Fred n'a plus besoin de moi... veux-tu me dire, Geo, ce que je fais ici?

— Tu as beaucoup d'amis.

— Bien sûr. Des amis. Et ce sont de vrais choux. Les Peabody et les Garfein, surtout, Jerry et Flora, et j'aime beaucoup Myrna Custer. Mais aucun d'eux n'a vraiment besoin de moi. Il n'y a personne que je me sentirais coupable de quitter... Allons, Geo, en toute sincérité : y a-t-il quelqu'un, *quelqu'un au monde,* que je devrais me sentir coupable de laisser derrière moi?

Il y a moi. Non, il se refuse à le dire. Ce genre de marivaudage est indigne d'eux, même en état d'ivresse.

— Te sentir coupable n'est pas une raison pour rester, *ni* pour partir, lui répond-il avec fermeté mais gentillesse. La question, c'est de savoir si tu veux vraiment partir. Si tu veux partir, il faut partir. Ne t'occupe de personne d'autre.

Charlotte approuve tristement de la tête.

— Oui, je suppose que tu as raison.

•

George va dans la cuisine préparer une nouvelle tournée. (Maintenant, ils semblent vider leurs verres beaucoup plus vite. Celui-ci devrait être vraiment le dernier.) A son retour, elle est assise les mains jointes, le regard perdu.

— ...Je crois que je vais rentrer, Geo. Je le redoute — mais je commence à croire que je vais réellement rentrer...

— Pourquoi est-ce que ça te fait peur?

— En un sens, oui, ça me fait peur. Et d'abord, il y a Nan...

— Tu ne serais pas obligée de vivre avec elle, si?

— Je ne serais pas obligée. Mais je le ferais. J'en suis sûre.

— Pourtant, Charley... j'ai toujours eu l'impression que vous ne pouviez pas vous sentir?

— Ce n'est pas *tout à fait* ça. Quoi qu'il en soit, dans une famille, ce n'est pas vraiment ça qui compte — je veux dire : il arrive que la question ne soit pas là. C'est difficile à t'expliquer, Geo, parce que tu n'as jamais eu de famille, n'est-ce pas, depuis ta prime jeunesse? Non, je ne dirais pas que nous ne pouvons pas nous sentir. Mais évidemment, quand j'ai fait la connaissance de Buddy — je veux dire : quand Nan a découvert que nous couchions ensemble —, elle me haïssait plutôt. Je veux dire qu'elle détestait ma chance. Bien sûr, à l'époque, Buddy, c'était vraiment le Prince Charmant. N'importe quelle sœur se serait sentie jalouse. Mais là n'était pas l'essentiel. Ce qui la tracassait, en réalité, c'est que Buddy était un G.I., et qu'il allait m'emmener vivre aux Etats-Unis quand nous serions mariés. La vérité, c'est que Nan brûlait de venir ici, tu comprends — c'était le cas pour tant de filles, dans l'Angleterre d'après la guerre, les restrictions et tout! — mais elle aurait préféré mourir plutôt que de l'admettre. Le simple désir de venir ici lui paraissait une infidélité envers l'Angleterre. Je crois vraiment qu'elle aurait de beaucoup préféré admettre qu'elle était jalouse de moi et de Buddy! Ce n'est pas à crever de rire?

— Bien entendu, elle est au courant de votre séparation, à toi et Buddy?

— Et comment! J'ai dû la lui apprendre aussitôt. Sinon, j'aurais eu si peur qu'elle ne la découvre elle-même, par un moyen mystérieux, et j'en aurais eu tellement honte!... Aussi le lui ai-je écrit; elle m'a répondu par une lettre ignoble, triomphante et sereine, disant : « Maintenant, j'imagine que tu ne pourras plus faire autrement que de revenir ici — dans le pays que tu as déserté »; voilà du moins ce qu'elle sous-entendait. Alors, naturellement, je suis sortie de mes gonds — tu me connais! J'ai répondu qu'ici je nageais dans la béatitude, et que jamais, au grand jamais, je ne remettrais le pied sur sa lugubre petite île. Ensuite — je ne t'ai jamais soufflé mot de tout ça : j'en étais si honteuse! — après avoir écrit une pareille lettre, je me suis sentie affreusement coupable, aussi je me suis mise à lui envoyer des trucs : tu sais, de la charcuterie des magasins de luxe de Beverly Hills, toute sorte de fromages et de machins en bouteilles et en bocaux. En fait, bien que vivant dans ce pays dit d'abondance, ça me ruinait! Et quelle imbécile j'étais! Pas une seule fois je ne me suis rendu compte à quel point je manquais de tact! En réalité, je faisais le jeu de Nan. Je veux dire : elle m'a laissé pendant quelque temps continuer d'envoyer tout ce bazar — qu'elle a mangé, je présume; après quoi, elle m'a littéralement tiré dessus à boulets rouges. M'a demandé si nous ne savions pas, en Amérique, que la guerre était finie depuis un bon moment, et que les colis à destination de la Grande-Bretagne étaient passés de mode.

— Charmante créature!

— Non, Geo — derrière tout cela, Nan m'aime véritablement. Seulement, elle veut m'imposer son point de vue. Tu sais, elle est de deux ans mon aînée; ça représentait beaucoup dans notre enfance. Je me la suis toujours figurée comme une espèce de route : je veux dire qu'elle *conduit* quelque part. Avec elle, jamais je ne me perds... Tu vois ce que je veux dire?

— Non.

— Eh bien, tant pis... Autre chose, à propos du retour chez nous : le Passé — il se trouve lié à Nan, lui aussi. C'est un peu comme retourner à l'endroit où j'ai dévié de la route, tu vois?

— Non. Je ne vois pas.

— Pourtant, Geo — *le Passé*! Tu ne peux tout de même pas faire semblant d'ignorer ce que j'entends par là?

— Le Passé, c'est uniquement quelque chose de révolu.

— Oh! vrai — ce que tu peux être fatigant!

— Non, Charley, je le pense. Le Passé, c'est du passé. Les gens vous font croire que ça n'est pas vrai, en vous montrant des objets dans les musées. Mais ce n'est pas le Passé. Tu ne trouveras pas le Passé en Angleterre. Ni ailleurs, à plus forte raison.

— Ah! tu m'ennuies!

— Ecoute : pourquoi ne pas te contenter de retourner là-bas faire un séjour? Vois Nan, si tu veux. Mais, pour l'amour du Ciel, ne prends pas d'engagement.

— Non — si je me décide à y retourner, il faut que ce soit pour de bon.

— Et pourquoi, grand Dieu?

— Je ne peux plus supporter pareille indécision. Cette fois, il faut que je brûle mes vaisseaux. Je croyais les avoir brûlés en venant ici avec Buddy. Mais cette fois, il le faut...

— Oh! pour l'amour du Ciel!

— Je sais bien que je trouverai tout changé. Je sais bien qu'il y a des tas de choses qui me feront horreur. Je sais bien que je regretterai tous ces supermarchés, tous ces appareils ménagers, toutes ces commodités. Probable que j'attraperai un rhume à la suite de l'autre, après avoir vécu dans le climat d'ici. Et je te donne tout à fait raison : ma vie avec Nan sera effectivement très malheureuse... Que puis-je à tout ça? Du moins, quand je serai là-bas, je saurai *où je suis*.

— Jamais, dans ma chienne de vie, je n'ai entendu pareilles balivernes masochistes!

— Oh! oui, je sais bien que ça donne cette impression. Et c'est peut-être vrai! Crois-tu que le masochisme soit notre façon d'être patriotes? A moins que je ne veuille dire l'inverse? Que c'est drôle! Chéri, encore une petite goutte? Buvons au masochisme de la Vieille Angleterre!

— Ça ne serait pas raisonnable, ma chérie. Il est l'heure d'aller se coucher.

— Comment, Geo... *tu t'en vas*?

— Il le faut, Charley.

— Mais quand est-ce que je te revois?

— Très bientôt. Je veux dire : à moins que tu ne t'envoles sur-le-champ pour l'Angleterre.

— Ah! ne te moque pas de moi! Tu sais parfaitement que ce n'est pas vrai! Ça me prendrait des siècles, rien que pour me préparer... Peut-être que je ne partirai pas du tout. Comment affronter jamais tout ce déménagement, ces adieux, cet *effort*? Non — peut-être que je ne partirai jamais...

— Nous en reparlerons. Longuement... Bonne nuit, Charley, ma chérie.

Tandis qu'il se penche pour l'embrasser, elle se lève. Ils se heurtent maladroitement, et sont bien près de rouler au sol. Il la remet d'aplomb, tout en vacillant lui-même.

— Ce serait si affreux de te quitter, Geo!

— Alors, ne me quitte pas.

— Comme tu dis ça! J'ai l'impression que ça t'est égal, que je parte ou que je reste.

— Mais non, bien sûr!

— Vrai?

— Vrai!

— Geo?

— Charley?

— Je ne crois pas que Jim voudrait que je te laisse ici tout seul.

— Alors, ne me laisse pas.

— Non — je parle sérieusement! Tu te souviens, quand nous sommes allés en voiture à San Francisco, toi et moi? Ça devait être au mois de septembre de l'année dernière, juste après ton retour d'Angleterre...

— Oui.

— Jim ne pouvait pas nous accompagner, ce jour-là. J'ai oublié pourquoi. Il a pris l'avion le lendemain pour nous rejoindre... Eh bien, quoi qu'il en soit, au moment précis où nous montions en voiture, toi et moi, Jim m'a dit quelque chose. Quelque chose que je n'ai jamais oublié... Est-ce que je t'ai jamais raconté ça?

— Je ne crois pas.

(Elle le lui a raconté six fois au moins; toujours quand elle avait beaucoup bu.)

— Il m'a dit : « Prenez bien soin l'un de l'autre, tous les deux. »

— Il a dit ça?

— Oui, il a dit ça. Ce sont ses propres termes. Et, Geo, je ne crois pas qu'il voulait dire seulement : « Prenez bien soin l'un de l'autre », comme ça. Il voulait dire quelque chose de *plus*...

— Qu'est-ce qu'il voulait dire?

— C'était moins de deux mois avant son départ pour l'Ohio, non?... Je crois que s'il a dit : « Prenez bien soin l'un de l'autre », c'est qu'il *savait*...

Un peu titubante, elle lève vers lui un regard sérieux mais vague, un regard de poisson, à travers tout l'alcool qu'elle a bu.

— ...Et *toi,* tu le crois, Geo?

— Comment dire ce qu'il savait, Charley? Quant à prendre soin l'un de l'autre, nous pouvons être certains que telle aurait été sa volonté.

George lui pose les mains sur les épaules.

— ...Aussi, maintenant, disons-nous l'un à l'autre d'aller dormir, hein?

— Non, attends...

Elle est comme une enfant qui retarde par ses questions le moment d'aller se coucher.

— ...Tu crois que ce bistrot est encore à vendre?

— Je suppose... C'est une idée! Pourquoi ne l'achèterions-nous pas? Qu'en dis-tu? Nous pourrions nous soûler tout en gagnant de l'argent. Ce serait plus rigolo que de vivre avec Nan!

— Oh! chéri, quelle merveille! Crois-tu que nous pourrions *vraiment* l'acheter? Non... tu ne parles pas sérieusement, hein? Je le vois bien. Mais ne me le dis pas. Faisons des projets là-dessus comme tu en faisais avec Jim. Il aimerait nous voir faire des projets, n'est-ce pas?

— Bien sûr, bien sûr... Bonne nuit, Charley.

— Bonne nuit, Geo, mon amour...

Alors qu'ils s'embrassent, elle lui applique un baiser en plein sur la bouche. Et, soudain, enfonce sa langue. Elle l'a déjà fait souvent. C'est là un de ces coups de l'ivresse qui seraient bien capables, du moins en théorie, une fois sur dix mille tentatives, d'arracher carrément une relation à son orbite pour l'expédier en trombe sur une autre. Les femmes cessent-elles jamais d'essayer? Non. Mais, du fait même qu'elles ne cessent jamais, elles apprennent à être belles joueuses. Quand, après la pause qui convient, George commence à reculer, Charley ne tente pas de s'accrocher. Maintenant, elle accepte son départ sans plus de résistance. Il lui dépose un baiser sur le front. Elle est comme une enfant qui se résigne enfin à ce qu'on la borde dans son petit lit.

— Dors bien.

George se retourne, ouvre la porte de la maison, fait une grande enjambée, et — VLAN! — manque de tomber la tête la première au bas des marches — toutes les marches —, oh!... et infiniment plus bas : à dix, cinquante, cent millions de pieds dans la nuit noire et sans fond. Il n'est sauvé que par sa main crispée sur la poignée de la porte.

Il se retourne en chancelant, le cœur battant à grands

coups, pour adresser à Charlotte un sourire d'adieu; mais par chance elle a disparu. Elle ne l'a pas vu commettre cette ânerie. Ce qui est véritablement providentiel, car, si elle l'avait vu, elle aurait insisté pour qu'il restât coucher; ce qui aurait voulu dire, mon Dieu, en mettant les choses au mieux, un petit déjeuner si tardif que c'en eût été un grand; ce qui aurait voulu dire encore de l'alcool; ce qui aurait voulu dire la sieste et le dîner, suivi de plus en plus d'alcool... Ça n'aurait pas été la première fois.

Mais cette fois-ci, il y a coupé. Et maintenant, il ferme la porte de la maison avec des précautions de cambrioleur, s'assied sur la marche du haut, prend une inspiration profonde, et s'adresse calmement une sévère semonce : « Tu es ivre. Espèce de vieille peau stupide, tu n'as pas honte de te mettre dans un pareil état? Eh bien maintenant, écoute-moi : nous allons descendre ces marches très lentement, et, une fois en bas, nous irons droit à la maison, nous monterons l'escalier, et hop! au lit, sans même nous laver les dents. Compris? Allons, en route... »

Tout ça est bel et bon.

Mais alors, comment expliquer que, le pied sur le pont qui franchit le ruisseau, George fasse soudain demi-tour en riant sous cape, et, avec le mouvement d'anguille d'un enfant qui échappe aux mains d'un adulte — son vieil ange gardien, le cortex —, s'enfuie sur la route, en éclatant de rire, vers l'océan?

Tandis qu'il allonge le pas et quitte l'allée des Camphriers en direction de Las Ondas, il voit les cercles lumineux des hublots verts du " Tribord ", là-bas, au coin de la route de l'océan, face à la plage, briller en signe de bienvenue.

Le " Tribord " est là depuis les tout premiers temps de la colonie. Son bar, autrefois snack, servit aux voisins leurs premières bières d'après la prohibition; et Tom Mix honora quelquefois de son reflet le miroir qui se trouve derrière. Mais les plus belles heures du " Tribord " ne sonnèrent que plus tard. L'été 1945! La guerre autant dire terminée. Le black-out, une simple excuse pour garder les lumières éteintes en cas de bagarre. Une pancarte, au-dessus du bar, disait : « En cas de direct, nous fermons immédiatement. » Ce qui était pour rire, bien sûr. Et pourtant, de l'autre côté de la baie, en eau profonde, sous les falaises de Palos Verdes, gisait un sous-marin japonais plein de vrais Japonais morts, coulé à fond après qu'il eut coulé lui-même deux ou trois navires en vue de la côte californienne.

Vous écartiez le rideau du black-out, et jouiez des coudes pour vous frayer un chemin à travers la foule du bar, serrée comme des harengs, presque incapable de respirer ou de voir à cause de la fumée. Là, dans l'absolue intimité du vacarme et du monde, vous et votre partenaire de rencontre vous hurliez l'un à l'autre les avances sexuelles préliminaires. Si vous pouviez flirter, vous ne pouviez pas vous battre; il n'y avait pas même la place de donner une gifle. Pour ça, il fallait sortir. Oh! les batailles sanglantes et les vomissements sur le trottoir! Les poings volaient; les têtes s'abattaient contre les pare-chocs des voitures en stationnement! Arrivée de la police au mugissement des sirènes; irruptions soudaines de la patrouille côtière. Les filles descendaient en trombe de leurs appartements pour y remonter quelque magnifique ivrogne en péril vers la sécurité et le breakfast servi le lendemain matin au lit comme un miracle de joie. Des soldats auto-stoppeurs s'attardaient là durant des heures, des nuits, des jours; ils reprenaient enfin la route avec des yeux au beurre noir, des morpions, la chaude-pisse, et seulement un souvenir des plus confus de leur hôtesse ou de leur hôte.

Et puis ce fut la fin de la guerre et la folle orgie de voitures sur la grand-route, après la levée instantanée des restrictions d'essence, en perdant de gros morceaux noirs de pneus rapiécés, tout le long du chemin jusqu'à Malibu. Ensuite, les mois sur la plage, en 1946. Sordide magie de ces nuits chaudes où tout le rivage s'animait de langues de flamme, des feux de bivouac d'une vaste tribu de barbares nus — chaque groupe, chaque couple isolé, n'embêtant personne, mais tous participant à la vie du campement tribal — nageant dans l'obscurité, dansant au son de la radio, s'accouplant sans vergogne sur le sable. George et Jim (qui venaient de se rencontrer) étaient là-bas parmi eux soir après soir, et pourtant pas assez pour satisfaire le triste et féroce appétit de la mémoire, qui évoque ce magnifique été de la Saint-Martin de la luxure.

Aujourd'hui, les soldats auto-stoppeurs sont rares, et domestiqués pour la plupart; ils font la navette entre la base de fusées et la demeure où règne leur épouse. Les feux de plage sont interdits sauf en des zones pour pique-nique nettement délimitées, où l'on doit manger assis bien droit sur des bancs devant les tables communautaires, et où il est formellement défendu de baiser. Non, de toute cette magnificence il ne reste presque plus rien; pourtant — grâce aux anciens dieux persécutés, mais toujours vivants, du désordre —, ce dernier pâté de maisons à Las Ondas conserve sa mauvaise réputation. Les gens respectables l'évitent d'instinct. Les promoteurs le déplorent. Ici, les valeurs immobilières sont basses. Les motels ont beau être neufs, ils s'entassent d'un air minable, et déjà ressemblent à des taudis; ils abritent des amours d'une nuit. Bien que les restes calcinés de ces feux d'orgies barbares soient depuis longtemps redevenus sable, cette partie du rivage demeure jonchée d'ordures; des bandes de collégiens continuent de barbouiller les murs d'énormes inscriptions scandaleuses, et il est toujours moins facile d'y trouver des coquillages que des préservatifs usagés.

La gloire du " Tribord " a pâli, elle aussi; seul un authentique fervent tel que George demeure capable d'en distinguer ne fût-ce qu'une ultime et faible lueur. Disparus, les trophées de marine et les photographies jaunies. Dès après le nouvel an, on redécorera le bar — ils osent employer ce verbe! — c'est-à-dire qu'on le profanera à l'intention de la foule sans visage de l'été prochain. Il y a déjà un nouveau juke-box et une nouvelle télévision fixée haut sur le mur; ainsi peut-on se tourner à demi vers la droite, s'accouder au bar, et sombrer dans une hébétude bovine en la regardant. C'est là ce que font la plupart des clients à l'entrée de George.

Il se dirige d'un pas chancelant mais résolu vers sa petite table favorite, au coin, d'où l'on ne voit pas l'écran. A la table voisine de la sienne, deux autres non-conformistes, invulnérables à l'hypnose, vieux couple appartenant à l'ultime poignée des colons survivants, s'adonnent à leur type d'amour : un alcoolisme bénin, querelleur, qui leur permet de vivre une relation ludique, à la façon des enfants. « Vieux con! Vieux salaud! Vieux porc! Vieil abruti! » De la fureur sans ressentiment, des insultes sans venin. Pour eux, ce sera ainsi jusqu'au bout. Souhaitons-leur de n'être jamais séparés, mais de mourir à la même heure de la même nuit, dans leur lit maculé de bière.

Et voici que les yeux de George parcourent le bar, s'arrêtent sur une silhouette solitaire, à l'extrémité la plus proche de la porte. Le jeune homme ne regarde pas la télé; et même, il est fort attentif à quelque chose qu'il inscrit au dos d'une enveloppe. Tandis qu'il écrit, il sourit tout seul en grattant de l'index l'aile de son vaste nez. C'est Kenny Potter.

D'abord, George ne bouge pas, ne semble guère réagir. Mais ensuite, un lent sourire intense se dessine sur ses lèvres. Il se penche en avant, examinant Kenny avec le ravissement d'un naturaliste qui vient de reconnaître un pinson rose venu des sierras, perché sur un arbre de jardin public. Au bout d'une minute il se lève, traverse le bar à pas de loup, et se faufile sur le tabouret contigu à celui de Kenny.

— Salut, là-bas! dit-il.

Kenny se tourne rapidement, le reconnaît, éclate d'un rire sonore, froisse l'enveloppe, et la jette par-dessus le bar dans une boîte à ordures.

— Salut, Monsieur.

— Pourquoi avez-vous fait ça?

— Oh!... Pour rien.

— Je vous dérange. Vous étiez en train d'écrire.

— Ça n'était rien. Seulement un poème.

— Et le voilà perdu pour la postérité!

— Je m'en souviendrai. Maintenant que je l'ai écrit.

— Voudriez-vous me le réciter?

Cette réplique déclenche chez Kenny des convulsions d'hilarité.

— C'est dingue. C'est...

Il ravale ses éclats de rire.

— ...C'est un... un *haïku*!

— Et alors, qu'est-ce que ça a de si dingue, un haïku?

— Il faudrait d'abord que j'en compte les pieds.

Mais, de toute évidence, Kenny n'a pas l'intention de les compter pour le moment. Aussi George dit-il :

— Je ne m'attendais pas à vous rencontrer dans un si mauvais lieu. Vous n'habitez donc pas de l'autre côté de la ville, près du campus?

— Si. Seulement, il m'arrive d'avoir envie de prendre un peu de champ.

— Mais que vous soyez tombé justement sur ce bar!...

— Oh! c'est parce qu'un des types m'a dit que vous y veniez beaucoup.

— Vous voulez dire que vous avez fait tout ce chemin pour me voir?

Peut-être George a-t-il posé cette question avec un peu trop d'avidité. En tout cas, Kenny l'élude avec un sourire mutin :

— J'ai voulu voir quel genre de boîte c'était.

— Ça n'est plus rien, maintenant. Mais autrefois, c'était vraiment quelque chose. Et j'ai pris l'habitude d'y venir. Vous savez, j'habite tout près.

— Allée des Camphriers?

— Comment diable le savez-vous?

— C'est un secret?

— Mais non... bien sûr que non! J'ai des élèves qui viennent me voir, de temps à autre. Je veux dire : pour leurs études...

George se rend compte aussitôt de ce que sa phrase trahit chez lui de sentiment de culpabilité, de désir de justification. Kenny s'en est-il aperçu? Il arbore son large sourire, ce qu'il fait depuis le début. George, assez faiblement, ajoute :

— ...Vous semblez en savoir fort long sur moi et mes habitudes. Beaucoup plus que je n'en sais sur aucun d'entre vous...

— Sur nous, il n'y a pas grand-chose à savoir!

Kenny lui adresse un regard de défi taquin.

— ...Qu'est-ce que vous aimeriez savoir sur nous, Monsieur?

— Oh! j'y réfléchirai. Laissez-moi le temps... Dites donc, qu'est-ce que vous buvez?

— Rien!

Kenny éclate de son petit rire.

— ...Il ne s'est même pas encore aperçu de ma présence.

En effet, le barman est absorbé par un combat de catch à la télé.

— Alors, qu'est-ce que vous boirez?

— Qu'est-ce que vous buvez, Monsieur?

— Du scotch.

— O.K., dit Kenny sur un ton qui donne à penser qu'il aurait été tout aussi d'accord pour du petit-lait.

George appelle le barman — très fort, pour qu'il ne puisse faire semblant de ne pas entendre —, et passe la commande. Le barman, toujours un peu vache, exige de voir la carte d'identité de Kenny. Jeu de scène. George, d'un ton pincé, dit au barman :

— Vous devriez me connaître, depuis le temps... Vous croyez vraiment que je serais assez idiot pour essayer de payer des consommations à un mineur?

— Nous devons vérifier, répond le barman, le visage de bois.

Sur quoi, il leur tourne le dos et s'éloigne. George éprouve un bref élancement de rage impuissante. On s'est payé sa tête; et, pour comble, devant Kenny.

En attendant leurs verres, il demande :

— Comment êtes-vous venu ici? Avec votre voiture?

— Je n'en ai pas. C'est Lois qui m'a conduit.

— Et maintenant, où est-elle?

— Rentrée chez elle, j'imagine.

George subodore quelque chose de pas tout à fait catholique. Quoi qu'il en soit, ça ne paraît pas tracasser Kenny. Il ajoute vaguement :

— ...J'avais envie de faire un tour.

— Mais comment allez-vous rentrer?

— Oh! je m'arrangerai bien.

(A l'intérieur de George, il y a une voix qui dit : « Tu pourrais l'inviter à passer la nuit chez toi. Dis-lui que tu le reconduiras en voiture demain matin. »

« Pour qui diable me prenez-vous? » demande George à la voix.

« Simple suggestion », répond la voix.)

Les boissons arrivent. George demande à Kenny :

— Dites-moi, si on s'asseyait là-bas, à la table du coin? Cette satanée télévision me tire l'œil sans arrêt.

— Bon.

Ce serait vraiment plus amusant, pense George, si les Jeunes étaient un tout petit peu moins passifs. Mais c'est trop demander. Il faut jouer leur jeu, ou pas du tout. Tandis qu'ils s'asseyent l'un en face de l'autre, George dit :

— J'ai toujours mon taille-crayon.

Et, l'ayant sorti de sa poche, il le jette sur la table comme s'il jouait aux dés.

Kenny éclate de rire.

— Moi, j'ai déjà perdu le mien!

Et voici qu'une heure, peut-être, s'est écoulée. Tous deux sont ivres; Kenny, assez, George, très. Mais George est ivre de la bonne manière, une manière peu courante chez lui. Il essaie de se décrire à lui-même à quoi ressemble ce genre d'ivresse. Eh bien — pour s'exprimer très grossièrement —, elle ressemble à Platon; elle est un Dialogue. Un dialogue entre deux personnes. Oui, mais pas un dialogue platonicien dans le sens du coupage de cheveu en quatre, du jeu sur les mots, du « un point pour moi! »; pas un concours de démolition faussement modeste; pas un débat sur quelque assommant thème imposé. On peut parler de n'importe quoi, et changer de sujet aussi souvent que ça vous chante. Ce qui importe vraiment, ça n'est pas ce dont on parle, mais le fait d'être unis par cette relation particulière. George ne peut imaginer d'avoir un dialogue de ce genre avec une femme, car les femmes ne sauraient parler qu'en termes personnels. Un homme de son âge ferait l'affaire, à condition qu'il existât une polarité quelconque; par exemple, s'il s'agissait d'un

Noir. Dans un pareil dialogue, vous et votre interlocuteur devez être des contraires, en un certain sens. Pourquoi cela? Parce que vous devez être des personnages symboliques — comme, dans le cas présent, la Jeunesse et la Vieillesse. Pourquoi symboliques? Parce que ce dialogue est, par nature, impersonnel. Il s'agit d'une rencontre symbolique. Elle ne met aucune des parties en cause à titre personnel. Et voilà pourquoi, dans un dialogue, vous pouvez dire absolument tout ce qui vous passe par la tête. Même la plus intime confidence, le plus grave secret, se présentent objectivement, comme de simples métaphores, de purs exemples, dont jamais on ne songerait à se servir contre vous.

George aimerait expliquer à Kenny tout cela. Mais c'est tellement compliqué! Et il ne veut pas courir le risque de s'apercevoir que Kenny ne le comprend pas. Plus que tout, il veut que Kenny comprenne; il veut être en mesure de croire que Kenny connaît la signification d'un pareil dialogue. Et en vérité, à cet instant précis, il paraît possible que Kenny la connaisse *vraiment.* George sent presque le champ magnétique du dialogue irradier autour d'eux. Lui-même, à coup sûr, se sent rayonner. Quant à Kenny, il est d'une grande beauté. « Rayonnant de communication » : telle est l'expression que trouve George pour le décrire. Car ce dont Kenny rayonne, ce n'est pas de simple intelligence ou d'un banal éclat charmeur. Tous deux sont assis là; ils se sourient — oh! bien plus : ils irradient de compréhension réciproque.

— Dites quelque chose, ordonne-t-il à Kenny.

— C'est vraiment nécessaire?

— Oui.

— Qu'est-ce que je dois dire?

— N'importe quoi. N'importe quoi qui vous semble important, à l'instant même.

— Voilà le hic. Je ne sais pas ce qui est important et

ce qui ne l'est pas. J'ai l'impression d'avoir la tête bourrée de trucs sans importance — je veux dire : sans importance pour moi.

— Comme par exemple...

— Ecoutez : je ne voudrais pas faire d'allusions personnelles, Monsieur... mais... eh bien, nos sujets de cours...

— Ça ne vous intéresse pas?

— Pour l'amour du Ciel, Monsieur — j'ai bien dit que je ne faisais pas d'allusions personnelles. Les vôtres sont de beaucoup supérieurs à la plupart; c'est notre avis à tous. Et vous essayez vraiment de faire cadrer ces livres avec ce qui se passe à l'heure actuelle... Pourtant, ça n'est pas votre faute, mais... on a toujours, en fin de compte, l'impression de s'enliser dans le Passé; comme, ce matin, avec Tithonos. Attention : je ne veux pas dénigrer le Passé; peut-être qu'il signifiera beaucoup pour moi quand je serai plus vieux. Je dis uniquement que le Passé n'intéresse pas vraiment la plupart des types de mon âge. Quand nous prétendons qu'il nous intéresse, c'est par simple politesse. Je suppose que c'est parce que nous n'avons aucun passé à nous — sinon des trucs que nous voulons oublier, comme les souvenirs de lycée, et les fois où nous nous sommes conduits comme des imbéciles...

— Eh bien, parfait! Ça, je peux le comprendre. Vous n'avez pas encore besoin du Passé. Vous avez le Présent.

— Ah! mais le Présent, c'est un vrai boulet! C'est bien simple : le Présent, je le méprise... je veux dire : les choses comme elles sont en ce moment précis... je veux dire : à l'exception de ce soir, bien entendu... Qu'est-ce qui vous fait rire?

— Ce soir, *sí*! Le Présent — *no*!

George devient bruyant. Au bar, quelques personnes tournent la tête.

— ...Buvons à ce soir!

Il lève son verre, et boit.

— Ce soir, *sí*!

Kenny rit et boit.

— O.K., dit George. Le Passé : inutile! Le Présent : sans valeur! Accordé! Mais il existe une chose que vous ne pouvez nier : vous êtes attaché au Futur. Vous ne pouvez le rejeter d'une simple pichenette.

— Je suppose que nous y sommes attachés. A ce qu'il en reste. Ce n'est peut-être pas grand-chose, avec toutes ces fusées...

— La mort.

— La mort?

— C'est bien ce que j'ai dit.

— Mais encore, Monsieur? Je ne vous suis pas.

— J'ai dit : « La Mort. » J'ai dit : « Pensez-vous beaucoup à la Mort? »

— Pourquoi? Non. Presque pas. Pourquoi me demandez-vous ça?

— Le Futur : c'est là que se trouve la Mort.

— Ah!... ouais. Ouais — peut-être que vous levez là un gros lièvre.

Kenny arbore son grand sourire.

— ...Savez-vous une chose? Peut-être que les générations qui nous ont précédés pensaient beaucoup plus que nous à la Mort. Ce que je veux dire, c'est que les jeunes devaient être fous furieux à l'idée qu'on les enverrait se faire tuer dans une guerre inutile, alors que les autres membres de leur famille restaient bien tranquilles chez eux à jouer les patriotes. Mais ça, c'est fini. Nous serions tous dans le bain.

— Vous pourriez toujours être fous furieux contre les gens plus âgés. A cause de toutes les années supplémentaires qu'ils auront vécues, avant de se faire désintégrer.

— Oui, c'est vrai, je le pourrais, hein? Peut-être que je le deviendrai. Peut-être que je deviendrai fou furieux contre vous, Monsieur.

— Kenneth...

— Monsieur?

— Simple question d'intérêt sociologique : pourquoi persistez-vous à m'appeler Monsieur?

Sourire taquin de Kenny.

— Si vous désirez que je cesse, je cesserai.

— Je ne vous ai pas demandé de cesser. Je vous ai demandé pourquoi.

— Pourquoi est-ce que ça vous déplaît? Aucun de vous n'aime ça, il me semble.

— Vous voulez dire : aucun de nous, les vieux?

Sourire sans rancune de George. Pourtant, il sent que la relation symbolique commence à lui échapper.

— ...Mon Dieu, l'explication habituelle, c'est que nous n'aimons pas que l'on nous rappelle...

Kenny secoue résolument la tête.

— Non.

— Que voulez-vous dire par : « Non »?

— Vous n'êtes pas comme ça.

— C'est un compliment?

— Peut-être... La vérité, c'est que j'aime bien vous appeler Monsieur.

— Vraiment?

— Une des plus grandes frimes de notre époque, c'est toute cette familiarité. Faire comme s'il n'y avait aucune différence entre les gens — vous le disiez à propos des minorités, ce matin. S'il n'y a aucune différence entre vous et moi, qu'avons-nous à nous apporter l'un à l'autre? Comment pouvons-nous jamais être amis?

Mais oui, il comprend, se dit George, ravi.

— Pourtant, deux jeunes gens peuvent être amis, non?

— Ça, c'est encore une autre question. Ils le peuvent, oui, d'une certaine façon. Mais il y a toujours ce problème de compétition qui met des bâtons dans les roues. Tous les jeunes sont pour ainsi dire en compétition les uns avec les autres, vous ne saviez pas ça?

— Si, je pense que si... à moins d'être amoureux.

— Peut-être qu'ils le sont encore, même alors. Peut-être que c'est là ce qui cloche avec...

Kenny s'interrompit brusquement. George le regarde, dans l'espoir d'une confidence à propos de Lois. Mais elle ne vient pas. Car, manifestement, Kenny suit un courant de pensée tout différent. Assis là, il sourit en silence durant quelques instants, et — mais oui, c'est un fait — il rougit!

— ...Ça paraît cucu comme il n'est pas possible, mais...

— Tant pis. Continuez.

— Il m'arrive de souhaiter... je veux dire : quand on lit ces romans de l'époque victorienne... J'aurais détesté vivre en ce temps-là, à l'exception d'une seule chose... Oh! merde... je ne peux pas le dire!

Il s'interrompt, pourpre, en riant.

— Ne soyez pas idiot!

— Quand je le dis, ça paraît si vieux jeu, c'est la fin de tout! Pourtant... J'aurais aimé vivre à l'époque où l'on pouvait appeler son père Monsieur.

— Votre père est vivant?

— Oh! bien sûr.

— Alors, pourquoi ne l'appelez-vous pas Monsieur? Il y a des fils qui le font, encore aujourd'hui.

— Pas mon père. Ce n'est pas le genre. Au surplus, il n'est pas là. Il nous a plaqués, voilà quelques années... Bon Dieu!

— Qu'est-ce qui vous arrive?

— Pourquoi diable est-ce que je vous ai raconté tout ça? Est-ce que, par hasard, je serais soûl?

— Pas plus que moi.

— Je dois être ivre mort.

— Ecoutez : si ça vous embête... oublions que vous me l'avez dit.

— Moi, je ne l'oublierai pas.

— Mais si, vous l'oublierez. Vous l'oublierez si je vous dis de l'oublier.

— Vraiment?

— Qu'est-ce que vous pariez?

— Eh bien, puisque c'est vous qui le dites... O.K.

— O.K., *Monsieur*.

— O.K., *Monsieur*!

Kenny soudain rayonne. Il est vraiment content; si content que sa propre satisfaction l'embarrasse.

— ...Dites donc, vous savez... quand je suis arrivé par ici... je veux dire : quand j'ai pensé que peut-être je tomberais sur vous ce soir... j'avais quelque chose à vous demander. Je viens de me rappeler quoi...

Il siffle le restant de son verre en une seule et longue gorgée.

— ...C'est au sujet de l'expérience. On nous dit sans arrêt : « Quand tu seras plus vieux, tu auras de l'expérience » — et on nous présente ça comme tellement important! Quel est votre avis là-dessus, Monsieur? Ça sert vraiment à quelque chose, selon vous?

— Quel genre d'expérience?

— Eh bien... les endroits où vous êtes allé, les gens que vous avez rencontrés. Les situations que vous avez déjà vécues, ce qui vous permet d'y faire face quand elles se présentent de nouveau. Tous ces trucs qui passent pour vous rendre sage, avec les années.

— Laissez-moi vous dire une chose, Kenny. Je ne puis parler qu'en mon nom, mais, personnellement, je n'ai pas acquis la moindre sagesse. Certes, je suis passé par telle et telle chose; et quand elles se reproduisent, je me dis : « Voilà que ça recommence. » Mais ça ne semble m'être d'aucun secours. Selon moi, avec le temps je suis devenu de plus en plus idiot — c'est la vérité pure.

— Sans blague, Monsieur! Vous ne parlez pas sérieusement! Vous voulez dire : plus bête que lorsque vous étiez jeune?

— Infiniment plus bête.

— J'en suis soufflé... Alors, l'expérience ne sert absolument à rien? Vous dites que c'est exactement comme si vous n'en aviez pas?

— Non. Je ne dis pas ça. Je dis seulement qu'on ne peut s'en *servir*. Mais si l'on n'essaie pas — si l'on se borne à constater qu'elle est là, qu'on la possède —, alors, ça risque d'être assez merveilleux...

— Allons nager, dit soudain Kenny comme si toute cette conversation l'assommait.

— Bon.

Kenny rejette la tête en arrière avec un rire sauvage.

— Ah! c'est formidable!

— Qu'est-ce qui est formidable?

— C'était un test. Je croyais que vous bluffiez en déclarant que vous étiez « idiot ». Aussi, je me suis dit : « Je vais proposer de faire quelque chose de dingue, et s'il y trouve à redire — si même il hésite —, alors, je saurai que tout ça, c'était du bluff »... Vous ne m'en voulez pas de vous parler comme ça, n'est-ce pas, Monsieur?

— Pourquoi vous en voudrais-je?

— Oh! c'est formidable!

— Eh bien, puisque je ne bluffe pas... qu'est-ce que nous attendons? Et vous, c'était du bluff?

— Dieu non!

Ils se lèvent d'un bond, paient, s'élancent hors du bar, à travers la grand-route; Kenny saute le garde-fou et se laisse tomber d'environ deux mètres cinquante, sur la plage. George cependant, un peu raide, escalade le parapet. Kenny lève les yeux, la figure encore éclairée par les lampadaires de la promenade :

— Mettez les pieds sur mes épaules, Monsieur.

George s'exécute avec une confiance d'ivrogne, et Kenny, adroit comme un danseur classique, en le tenant par les chevilles et les mollets, presque en un clin d'œil l'abaisse jusqu'au sable. Au cours de la descente, leurs corps frottent l'un contre l'autre, brièvement mais rudement. Le champ magnétique du dialogue est rompu. Leur relation, quelle qu'elle soit maintenant, a cessé d'être symbolique. Ils se retournent, et se mettent à courir vers l'océan.

Déjà, les lumières paraissent loin, loin derrière eux. Elles ont beau être brillantes, elles ne rayonnent pas; peut-être luisent-elles sur une haute nappe de brouillard. Les vagues, devant, à peine visibles, sont noires, immenses, froides, humides. Kenny, en poussant des hourrahs, arrache ses vêtements. Le dernier atome de prudence qui subsiste chez George est conscient des lumières et du risque de voitures de police et de flics, mais il n'hésite pas, il en est désormais incapable; cette course effrénée depuis le bar ne saurait s'achever que dans l'eau. Il se déshabille avec maladresse, en trébuchant dans ses pantalons. Kenny, nu comme un ver, maintenant, plonge et s'élance tout droit, impavide guerrier indigène, à l'assaut des vagues. Le ressac est d'une grande violence. Un moment, George se débat contre une grêle de cailloux. Au moment où il en réchappe et sent le sable sous ses pieds, Kenny surgit de la nuit à la crête d'une lame et le croise à la vitesse de l'éclair, sans un regard, créature marine absorbée par son élément.

Quant à George, ces vagues sont bien trop fortes pour lui. Elles semblent vraiment formidables, gigantesques, ténèbres déroulées hors des ténèbres, mystérieusement, effroyablement étincelantes, puis retombant en un tonnerre d'écume phosphorescente. George a sur tout le corps des étincelles de phosphore; il rit de ravissement à se trouver couvert de pierres précieuses. Riant, hors d'haleine, suffoquant, il est trop ivre pour avoir peur; l'eau salée qu'il avale lui semble aussi enivrante que du whisky. De temps à autre, il aperçoit Kenny, immense, dévalant quelque avalanche d'écume. Puis, attentif à ses propres rites de purification, George se relève en titubant, les bras en croix, pour recevoir le violent baptême des brisants. Il s'y consacre sans réserve, se lave de la pensée, du langage, de l'humeur, du désir, de personnalités entières, de vies entières; il y retourne encore et encore, devenant de plus en plus propre, de plus en plus libre, de plus en plus dépouillé. Il est parfaitement heureux tout seul; il lui suffit de savoir que Kenny et lui sont seuls à se partager l'élément marin. Les vagues, la nuit, le vacarme, n'existent que pour leur jeu. Pendant ce temps, à deux cents mètres de distance à peine, les lumières brillent sur le rivage et les voitures passent en trombe sur la grand-route avec les longs faisceaux de leurs phares. Au flanc des sombres collines, on voit des lampes aux fenêtres de maisons sèches, où des gens secs vont sèchement se coucher dans leurs lits secs. Mais George et Kenny sont des évadés de la sécheresse; ils ont fui à travers la frontière du monde aquatique, abandonnant derrière eux leurs vêtements aux douaniers.

Et soudain, voici une grosse vague, une vague apocalyptique. George est loin du rivage; il n'a presque plus pied; il est debout, minuscule, devant la lame, sous sa lèvre soulevée, rugissante, et la menace de sa chute imminente. Il essaie de plonger au travers — même à cet instant, il n'éprouve aucune frayeur véritable —, mais à la place il est pris, enlevé, tourné, retourné, battant des bras et des jambes pour regagner une surface qui se trouve en haut, en bas, à droite, à gauche, il n'en sait plus rien.

Et voici que Kenny le traîne hors de l'eau, titubant. Les mains sous les aisselles de George, Kenny rit en disant comme une nounou : « Maintenant, ça suffit! » Mais George, toujours ivre d'eau, halète : « Tout va bien », et veut retourner droit dans la mer. Kenny lui répond : « Pas *moi* — j'ai froid », et, de plus en plus nounou, il essuie George avec sa propre chemise, jusqu'à ce que ce dernier l'arrête car il lui fait mal au dos. Si convaincante est la relation-nounou, en cet instant, que George a l'impression qu'il pourrait se rouler en boule et s'endormir aussitôt, ici même, réduit aux dimensions d'un enfant, bien à l'abri du grand Kenny. Depuis qu'ils sont sortis de l'eau, le corps de Kenny semble avoir pris des proportions gigantesques. En lui, tout est plus grand que nature : les dents blanches de son vaste sourire, ses larges épaules ruisselantes, son torse mince où pend un sexe lourd, ses longues jambes qui commencent à frissonner.

— ...Est-ce que nous pouvons rentrer chez vous, Monsieur? demande-t-il.

— Bien sûr. Où voulez-vous que nous rentrions?

— Où voulez-vous que nous rentrions? répète Kenny, qui paraît trouver ça très drôle.

Il ramasse ses vêtements et se tourne, toujours nu, vers la grand-route et les lumières.

— Vous êtes fou? crie George derrière lui.

— Qu'est-ce qu'il y a?

Kenny se retourne en souriant.

— Vous n'avez pas l'intention de rentrer comme ça? Vous êtes fou? On va appeler les flics!

Kenny hausse des épaules optimistes.

— Personne ne nous verra. Nous sommes invisibles — vous ne le saviez pas?

Pourtant, il se rhabille, et George fait de même. Tandis qu'ils commencent à remonter la plage, Kenny entoure de son bras les épaules de George.

— ...Vous savez, Monsieur, on ne devrait jamais vous

laisser sortir seul. Vous risquez de vous attirer les plus graves embêtements.

Leur retour à pied dégrise beaucoup George. Le temps d'arriver à la maison, il ne voit plus Kenny et lui-même comme de sauvages créatures aquatiques, mais comme un professeur d'un certain âge, aux cheveux humides, qui ramène chez lui un élève, trempé, au milieu de la nuit. George perd son naturel, et dit sur un ton presque cassant :

— La salle de bains est en haut. Je vais vous donner des serviettes...

Kenny réagit tout de suite à ce formalisme.

— Vous ne prenez pas aussi une douche, Monsieur? demande-t-il d'un ton déférent, légèrement déçu.

— Ça peut attendre... Je voudrais bien avoir des vêtements de votre taille à vous prêter. Il faudra vous envelopper dans une couverture, le temps de sécher vos affaires sur le radiateur. Ce sera assez long, je le crains, mais je ne vois pas ce que nous pouvons faire d'autre...

— Ecoutez, Monsieur... je ne veux pas vous casser les pieds. Pourquoi ne pas m'en aller tout de suite?

— Ne soyez pas stupide. Vous attraperiez une pneumonie.

— Mes fringues sécheront sur moi. Tout ira bien.

— Quelle blague! Montons, que je vous montre où sont les choses.

Le refus de George de le laisser partir semble avoir fait plaisir à Kenny. En tout cas, il mène sous la douche un tapage du diable, qui est moins du chant qu'une suite de clameurs. Il va sans doute réveiller les voisins, se dit George, mais quelle importance? George a retrouvé sa bonne humeur; il se sent excité, amusé, vivant. Dans sa chambre il se déshabille rapidement, enfile son peignoir de bain en épais tissu éponge blanc, redescend vite, met la bouilloire à chauffer, prépare des sandwiches au thon et à la tomate sur du pain de seigle. Tout est prêt sur un plateau dans la salle de séjour au moment où Kenny descend, portant avec gaucherie sa couverture à la façon d'un naufragé.

Kenny ne veut ni café ni thé; il aimerait mieux de la bière, déclare-t-il. Aussi George va-t-il lui en chercher une bouteille au réfrigérateur, et se verse-t-il imprudemment un scotch assez tassé. A son retour, il trouve Kenny en contemplation devant la pièce.

— Alors, comme ça, vous habitez ici tout seul, Monsieur?

— Oui, répond George, lequel ajoute avec une ombre d'ironie : Cela vous étonne?

— Non. Un de mes copains m'a dit qu'il le supposait.

— En réalité, je partageais cette maison avec un ami.

Mais Kenny ne manifeste aucune curiosité au sujet de cet ami.

— Vous n'avez même pas de chat, de chien, de trucs comme ça?

— Vous trouvez que j'ai tort? demande George avec un peu d'agressivité.

Il se dit que Kenny pense : « Le pauvre vieux n'a rien à aimer. »

— Grands Dieux non! Baudelaire ne dit-il pas qu'ils risquent de se changer en démons pour vous voler votre âme?

— Quelque chose de ce genre... Pourtant, l'ami dont je vous parle avait des tas d'animaux, et je ne crois pas qu'ils nous aient volé notre âme... Bien sûr, quand on est deux, ce n'est pas la même chose. Nous convenions souvent qu'aucun de nous deux ne garderait les bêtes, si l'autre disparaissait...

Non. Kenny n'éprouve aucune curiosité à ce sujet. En

réalité, il est attentif à détacher de son sandwich une énorme bouchée. Aussi George lui demande-t-il :

— ...C'est bon?

— Vachement!

Il sourit à George, la bouche pleine, puis avale et ajoute :

— ...Vous savez, Monsieur, je crois que vous avez trouvé le secret du bonheur!

— Vraiment?

George vient d'ingurgiter près du quart de son scotch, pour calmer un spasme qui a commencé lorsqu'il parlait de Jim et des animaux. Maintenant, il sent l'effet de l'alcool qui se manifeste avec brutalité. C'est tonifiant, mais beaucoup trop rapide.

— Vous ne savez pas combien de types de mon âge rêvent du genre de vie que vous menez ici. Je veux dire : que pouvez-vous désirer de plus? Je veux dire : vous n'avez d'ordre à recevoir de personne. Vous pouvez faire les trucs les plus dingues qui vous passent par la tête.

— Et c'est là votre conception du bonheur?

— Sûr!

— Sincèrement?

— Qu'est-ce qui vous arrive, Monsieur? Vous ne me croyez pas?

— Ce que je ne comprends pas bien, c'est, si vous tenez tellement à vivre seul... qu'est-ce que Lois vient faire là-dedans?

— Lois? Quel rapport?

— Ecoutez, Kenny... je ne voudrais pas être indiscret... mais, à tort ou à raison, je me suis mis dans l'idée que vous et elle pourriez, eh bien, envisager...

— De nous marier? Non. Pas question.

— Ah...?

— Elle dit qu'elle refuse d'épouser un Occidental. Elle

dit qu'elle n'arrive pas à prendre les Américains au sérieux. Elle a l'impression que rien de ce que nous faisons ici n'a de *sens.* Elle veut retourner au Japon pour enseigner.

— Elle est citoyenne américaine, non?

— Bien sûr. Elle est Nisei. N'empêche qu'elle et toute sa famille ont été expédiées dans un de ces camps d'internement des sierras, dès la déclaration de guerre. Son père a dû vendre son affaire de cacahuètes, pour une bouchée de pain, à des requins qui faisaient main basse sur tous les biens japonais en clamant qu'ils vengeaient Pearl Harbour! Lois était toute gosse à cette époque-là, mais personne ne peut oublier ce genre de chose. Elle dit qu'on les traitait tous en étrangers, en ennemis; personne ne se souciait de savoir dans quel camp ils étaient. Elle dit que les Noirs ont été les seuls à se conduire humainement envers eux. Et une poignée de pacifistes. Bon Dieu, elle a certainement le droit de nous vomir! Et pourtant, ce n'est pas le cas. Elle paraît toujours capable de voir le côté rigolo des choses...

— Et quels sont vos sentiments pour elle?

— Oh! je l'aime beaucoup.

— Et elle vous le rend, n'est-ce pas?

— Je pense. Oui, elle me le rend. Elle m'aime beaucoup.

— Mais vous, vous ne voulez pas l'épouser?

— Oh! si. J'y pense. A condition qu'elle change d'attitude. Mais je doute qu'elle en change. Et de toute façon je ne suis pas pressé d'épouser qui que ce soit. Il y a beaucoup de choses que je veux faire avant...

Kenny s'interrompt; il considère George avec son sourire le plus taquin, le plus pénétrant.

— ... Vous savez ce que je pense, Monsieur?

— Que pensez-vous?

— Je ne crois pas que ça vous intéresse tellement, que j'épouse ou non Lois. Je crois que vous voulez me demander autre chose. Seulement, vous n'êtes pas sûr de la façon dont je le prendrai.

— Qu'est-ce que je veux vous demander?

Voilà que ça tourne au marivaudage pur et simple, des deux côtés. La couverture de Kenny, sous l'influence détendante de la conversation et de la bière, a glissé, découvrant un bras et une épaule, se transformant en un vêtement de la Grèce classique, la chlamyde, portée par un jeune disciple — le préféré, à coup sûr — de quelque philosophe. En cet instant, il est absolument, dangereusement charmant.

— Vous voulez savoir si Lois et moi... si nous couchons ensemble.

— Eh bien, couchez-vous ensemble?

Kenny éclate d'un rire de triomphe.

— Alors, j'avais raison!

— Peut-être bien que oui. Peut-être bien que non... Couchez-vous ensemble?

— Nous avons couché ensemble, une fois.

— Pourquoi seulement une fois?

— Il n'y a pas si longtemps. Nous sommes allés dans un motel. A la plage, en fait, tout près d'ici.

— C'est la raison pour laquelle vous êtes venus ici en voiture, ce soir?

— Oui... en partie. J'essayais de la convaincre d'y retourner.

— C'était la raison de votre dispute?

— Je n'ai pas dit que nous nous étions disputés.

— Vous l'avez laissé rentrer seule en voiture, non?

— Oh! ça, c'était parce que... Non, vous avez raison... elle ne voulait pas... elle avait détesté ce motel, la première fois, et je ne peux pas lui en vouloir. Le bureau, le réceptionniste, le registre : toutes ces histoires par lesquelles on vous fait passer... Et, bien sûr, ils savent parfaitement de quoi il retourne... Tout ça donne à la chose beaucoup trop d'importance, un aspect vieux jeu du genre péché mortel et tout. Et leur façon de vous dévisager!... Les filles sont bien plus sensibles que nous à tout ça...

— Alors, maintenant, elle a rompu?

— Mon Dieu non, ce n'est pas si grave! Ce n'est pas qu'elle soit contre, vous comprenez. Pas par principe. En fait, elle est nettement... eh bien, n'importe comment... On trouvera bien un moyen. On verra.

— Vous voulez dire : peut-être pourrez-vous trouver un endroit moins public, moins gênant?

— Oui, ça ferait bien notre affaire...

Kenny sourit, bâille, s'étire. La chlamyde glisse de son autre épaule. Il la ramène sur ses deux épaules en se levant, ce qui la retransforme en couverture, et lui-même en jeune Américain dégingandé du vingtième siècle, comiquement jeté sans vêtements sur le rivage.

— ... Ecoutez, Monsieur, il se fait affreusement tard. Il faut que je m'en aille.

— Où donc, s'il m'est permis de vous le demander?

— Mais chez moi, de l'autre côté de la ville.

— Par quel moyen?

— Je trouverai bien un autobus, non?

— Ils ne marchent pas avant deux heures encore, au bas mot.

— Tout de même...

— Pourquoi ne pas rester ici? Je vous reconduirai demain.

— Je ne crois pas que je...

— Si vous rôdez par ici dans l'obscurité maintenant que les bars sont fermés, la police vous arrêtera pour savoir ce que vous fabriquez. Et vous n'êtes pas exactement dans votre état normal, si vous m'autorisez à vous le dire. Les flics pourraient même vous mettre en taule.

— Je vous assure, Monsieur, que tout ira bien.

— Je crois que vous perdez la tête. Quoi qu'il en soit, nous discuterons de ça dans quelques minutes... Mais d'abord — asseyez-vous. J'ai quelque chose à vous dire.

Kenny s'assied, obéissant, sans protester davantage. Peut-être est-il curieux de ce que George va dire.

— ... Et maintenant, écoutez-moi bien attentivement. J'ai l'intention de faire un simple constat de fait. Ou de faits, au pluriel. Je ne vous demande aucun commentaire. Si vous le souhaitez, vous pouvez décider que ceci ne vous concerne en rien. Est-ce clair?

— Oui, Monsieur.

— Une femme que je connais demeure par ici; une très bonne amie à moi. Nous dînons ensemble au moins une fois par semaine; souvent davantage. Soit dit en passant, nous avons dîné ensemble, ce soir. Or, le jour que je choisis lui est toujours indifférent. Alors, j'ai décidé ceci (et attention : ça ne vous concerne pas *nécessairement* le moins du monde) : dorénavant, j'irai dîner chez elle toutes les semaines le même soir. *Le même soir, invariablement.* C'est-à-dire ce soir... Suis-je bien clair? Non, ne répondez pas. Continuez d'écouter car j'en arrive seulement au fait... Ces soirs-là, où je dînerai avec mon amie, *jamais, en aucun cas,* je ne reviendrai ici avant minuit. C'est clair? Non — écoutez! Cette maison n'est jamais fermée à clé parce que n'importe qui pourrait y pénétrer, de toute manière, simplement en cassant un carreau de la porte vitrée. En haut, dans mon bureau, vous avez dû remarquer qu'il y a un divan-lit? Il reste toujours fait, avec des draps propres, pour le cas bien hypothétique où je recevrais un hôte inattendu — comme vous le serez cette nuit, par exemple... Non : écoutez bien! Si jamais on utilisait ce lit quand je ne suis pas là, en le retapant ensuite, je ne m'en apercevrais pas le moins du monde. Et si ma femme de ménage remarquait quoi que ce fût, elle se bornerait à envoyer les draps au blanchissage; elle croirait que j'ai eu un invité, et oublié de le lui dire... Et voilà! J'ai pris une décision dont je viens de vous faire part. Tout comme je pourrais vous dire que j'ai résolu d'arroser le jardin un certain jour de la semaine. Je vous ai aussi révélé quelques caractéristiques de cette maison. Vous pouvez les graver dans votre mémoire, ou les oublier. J'ai terminé...

George regarde Kenny droit dans les yeux. Kenny lui répond par un pâle sourire. Il est — oui, un tout petit peu — gêné.

— Et... maintenant, allez me chercher un autre verre.

— Bien, Monsieur.

Kenny se lève de son siège avec un visible empressement, comme heureux de cette diversion. Il prend le verre de George et va dans la cuisine. George lui crie :

— Et versez-vous-en un, vous aussi!

Kenny passe à l'angle de la porte une tête souriante.

— C'est un ordre, Monsieur?

— C'est un ordre, bon sang de bonsoir!

— ... Je suppose que vous me prenez pour un vieux satyre?

Tandis qu'à la cuisine Kenny remplissait les verres, George se sentait entrer dans une phase nouvelle. Et maintenant, alors que Kenny se rassied, il se trouve, bien qu'il ne puisse encore s'en rendre compte, en présence d'un George métamorphosé; un redoutable George, à l'articulation pâteuse, mais précise, derrière les paroles duquel plane une menace. Un George inquisiteur, un juge, peut-être sur le point de prononcer sa sentence. Un George oraculeux.

Cela ne ressemble plus du tout à leur ivresse du " Tribord ". Kenny et George ne sont plus dans la relation symbolique du dialogue; cette nouvelle phase de communication est fort personnelle. Et pourtant — ô paradoxe! —, Kenny paraît plus éloigné, et non pas plus proche; il a reculé bien loin au-delà des limites possibles d'un champ magnétique. Et même, George ne peut plus le distinguer nettement que de temps à autre : une éblouissante clarté baigne maintenant la pièce, et le visage de Kenny se fond sans arrêt dans cette lumière. De plus, les oreilles de George bourdonnent très fort; si fort, qu'il n'est pas certain si Kenny a répondu ou non à sa question.

— Inutile de répondre, dit George à Kenny (conciliant ainsi les deux éventualités), car je le reconnais... Dieu oui... bien sûr, que je le reconnais... oui, je suis un vieux satyre. Quatre-vingt-dix-neuf pour cent de tous les vieux sont des satyres. C'est-à-dire, si vous tenez à employer ce vocabulaire. S'il vous faut absolument de pareilles platitudes. Je ne proteste pas contre la façon dont vous choisissez de m'appeler ou de ne pas m'appeler. Je proteste contre une attitude — et je ne le fais que dans votre intérêt, non dans le mien...

« Ecoutez : les choses sont bien assez moches comme ça, de nos jours — nous pataugeons dans un gâchis bien suffisant, sémantiquement et dans tous les autres domaines —, sans nous laisser prendre à ces sinistres catégories. Je veux dire : notre vie doit servir à quoi? Devons-nous la passer à nous identifier mutuellement au moyen de catalogues, comme des touristes dans une galerie de tableaux? Ou devons-nous tâcher d'échanger un signe *quelconque*, si insuffisant soit-il, avant qu'il ne soit trop tard? Répondez-moi, *vous*, à *moi*...!

« C'est fort bien, c'est fort commode, pour vous autres jeunes, de venir me trouver sur le campus pour me déclarer que je suis *boutonné*. Seigneur Dieu... *boutonné*! Vous n'avez donc rien trouvé de mieux? Vous ne soupçonnez donc pas ce que je ressens : mon ardent désir de *parler*?

« Vous m'avez interrogé sur l'expérience. Je vous ai

répondu. L'expérience n'est d'aucune *utilité.* Pourtant, dans un tout autre sens, elle *pourrait* servir. Si seulement nous n'étions tous d'aussi misérables fous, d'aussi misérables prudes, d'aussi misérables lâches. Oui, vous aussi, mon garçon. Et n'ayez pas le front de le nier! Ce que je viens de vous dire au sujet du lit dans le bureau — ça vous a choqué. Parce que vous étiez bien résolu à être choqué. Vous refusiez absolument de comprendre mes raisons. Oh! Dieu, vous ne *voyez* donc pas? Ce lit — ce que ce lit *veut dire* —, c'est *ça* l'expérience...!

« Mais non, je ne vous en veux pas. Le miracle, ce serait que vous me compreniez. Ne vous inquiétez pas. Oubliez tout ça. Je suis là. Vous êtes là — sous cette satanée couverture; pourquoi ne l'enlevez-vous pas tout à fait, pour l'amour du ciel? Pourquoi est-ce que je dis ça? J'imagine que vous allez vous méprendre sur ça aussi? Eh bien, si oui, je m'en contrefous. L'important, c'est que je suis là, que vous êtes là, et que pour une fois il n'y a personne qui nous dérange. Cela risque de ne jamais se reproduire. Je parle sérieusement! Et le temps est *désespérément* court. Bon, jouons cartes sur table. Pourquoi êtes-vous ici, dans cette pièce, en cet instant? *Parce que vous voulez que je vous dise quelque chose!* C'est la véritable raison qui vous a fait traverser toute la ville, ce soir. Vous avez pu croire, sincèrement, que c'était pour coucher avec Lois. Attention : je n'ai absolument rien contre elle. Elle est véritablement un ange de beauté. Mais on ne trompe pas un vieux satyre : il ne fait pas de sentiment avec les Amours de Jeunesse; il en connaît la valeur exacte : elle est grande, mais elle n'est pas tout. Non, mon cher Kenneth — vous êtes venu ici, ce soir, pour me voir, moi; que vous en ayez eu conscience ou non. Une certaine part de vous savait fort bien que Lois refuserait de retourner dans ce motel; et que ça vous donnerait une excuse pour la renvoyer chez elle et rester là. Je suppose que la pauvre enfant est bouleversée de tout ça, en cet instant précis, et pleure dans son oreiller. Quand vous la reverrez, soyez très gentil avec elle...

« Mais je sors de la question. La question, c'est que vous êtes venu me demander quelque chose de *vraiment* important. Aussi, pourquoi en avoir honte, pourquoi le nier? Voyez-vous, je vous connais comme si je vous avais fait. Je sais *exactement* ce que vous voulez. Vous voulez que je vous dise *ce que je sais...*

« Oh! Kenneth, croyez-moi : il n'y a rien au monde que je ferais plus volontiers! Je *brûle* de vous le dire. Mais je ne peux pas. Je ne peux vraiment pas. Car, vous ne le voyez donc pas, *ce que je sais, c'est ce que je suis*? Et ça, je ne puis vous le dire. Vous devez le découvrir par vous-même. Je suis comme un livre qu'il vous faut lire. Un livre ne saurait se lire à vous lui-même. Il ne sait même pas de quoi il parle. Je ne sais pas de quoi je parle...

« Vous pourriez savoir de quoi je parle. Vous le pourriez. Mais vous ne voulez pas vous en donner la peine. Ecoutez-moi : vous êtes le seul garçon que j'aie jamais rencontré sur ce campus, dont je crois vraiment qu'il le pourrait. C'est ce qui rend la chose si tragiquement puérile. Au lieu d'essayer de savoir, vous vous rendez coupable de l'inexcusable légèreté qui consiste à dire : *C'est un vieux satyre,* transformant ainsi cette soirée, qui pourrait être la plus précieuse, la plus inoubliable de votre jeune existence, en un simple *flirt*! Ce mot vous déplaît, hein? Pourtant, c'est le mot juste. Voilà, de nos jours, la tragédie universelle. Le flirt. Flirter au lieu de baiser, si vous me pardonnez cette grossièreté. Tous, autant que vous êtes, vous ne faites jamais que flirter, rejeter vos couvertures d'une seule épaule, et vous plaindre des motels. Et passer à côté de l'unique chose qui pourrait véritablement — attention, Kenneth : ce ne sont pas là des paroles en l'air — *métamorphoser votre vie entière...* »

Quelques instants, le visage de Kenny est tout à fait distinct. Son sourire est éblouissant. Puis le sourire se brise, se réfracte — est-ce le terme exact? en arcs-en-ciel de lumière. Les arcs-en-ciel resplendissent. Ils aveuglent George. Il ferme les yeux. Maintenant, ses bourdonnements d'oreilles font un rugissement de Niagara.

Une demi-heure, une heure plus tard — en tout cas, pas longtemps —, George cligne des paupières et se réveille.

Il fait encore nuit. Noir. Chaud. Lit. *Suis au lit!* D'un bond, il s'accoude. Allume sa lampe de chevet. C'est sa main qui le fait; un bras dans une manche; une manche de pyjama. *Suis en pyjama!* Pourquoi? Comment?

Où est-il?

George se lève en titubant, étourdi, un peu barbouillé, tout à fait réveillé par l'inquiétude. Prêt à vaciller jusqu'à la pièce du devant. Non... attends. Contre la lampe, il y a une feuille de papier :

> J'ai pensé que peut-être, après tout, mieux valait filer. J'aime bien me balader la nuit. Si les flics me ramassent, je ne leur dirai pas d'où je viens — juré! Même pas sous la torture!
>
> C'était formidable, cette soirée. Il faudra remettre ça, hein? A moins que vous ne soyez contre les rééditions?
>
> Je n'ai pu trouver de pyjama qui ait déjà servi; aussi, j'en ai pris un propre dans le tiroir. Peut-être que vous couchez à poil? Mais je n'ai pas voulu prendre de risque. Je ne peux tout de même pas vous faire attraper une pneumonie, hein?
>
> Merci pour tout.
>
> Kenneth.

Assis sur son lit, George prend connaissance de ce mot. Puis, avec un peu d'impatience, comme un général qui vient de parcourir une dépêche sans importance, il laisse le papier glisser à terre, se lève, passe dans la salle de bains, urine, sans se regarder au miroir, sans même allumer, revient à son lit, s'y fourre, éteint la lampe de chevet.

« Petit allumeur... » dit son esprit, mais sans l'ombre de ressentiment. « Tant mieux qu'il ne soit pas resté. »

Mais, tandis qu'il gît sur le dos, dans l'obscurité, quelque chose le tient éveillé : un chatouillement dans le sang et les nerfs, à l'entrejambe. L'alcool le démange, par là.

Couché dans les ténèbres, il évoque Kenny et Lois, dans leur auto, les mène au parc de l'allée des Camphriers, plus bas dans la rue, pour qu'aucun voisin ne les voie; leur fait traverser le pont avec une hâte discrète; ouvrir la porte — elle résiste; Lois a le fou rire —; les fait se cogner aux meubles du salon — minuscule exclamation d'alarme en japonais —; grimper l'escalier sur la pointe des pieds sans allumer...

Non... ça ne marche pas. George a beau multiplier les tentatives, impossible de faire monter ces marches à Lois. Chaque fois qu'il recommence, elle se désintègre, pour ainsi dire. (Et maintenant il sait, avec une absolue certitude, que jamais Kenny ne pourra la convaincre même de pénétrer dans cette maison.)

Mais la pièce a commencé, et George n'a pas l'intention d'y mettre fin. Il faut donner un partenaire à Kenny. Aussi George transforme-t-il Lois, qui devient le petit chat d'or, si sexy, — le joueur de tennis mexicain. Aucune difficulté pour lui faire grimper l'escalier, à lui! Lui et Kenny sont ensemble dans la pièce du devant. George entend une ceinture tomber à terre. Ils se mettent nus.

A l'entrejambe de George, le sang bat. Sa chair frémit, se dresse, soudain brûlante. Le pyjama, enlevé, est jeté hors du lit.

George entend Kenny chuchoter au Mexicain : « Dépêche-toi, mec! » En se rendant invisible, il entre dans la pièce du devant. Il y trouve les deux garçons sur le point de se coucher ensemble...

Non. Ça ne marche pas non plus. L'attitude de Kenny déplaît à George. Il ne prend pas son plaisir au sérieux; il semble même au bord du fou rire. Vite... un remplaçant! A la hâte, George métamorphose Kenny : c'est le grand garçon blond du court de tennis. Ah! beaucoup mieux! Parfait! Maintenant, ils peuvent s'enlacer. Maintenant peut commencer le furieux corps à corps animal. George plane au-dessus d'eux, et les contemple; puis il entre et sort de leurs corps haletants, mêlés. Il est l'un ou l'autre. Il est tous les deux à la fois. Ah!... que c'est bon! Ah!... ah!...

« Espèce de vieil imbécile! » dit l'esprit de George. Mais il n'a pas honte de lui-même. Il parle à son corps, maintenant flasque et suant, avec une bonne humeur tolérante, comme à un vieux chien vorace qui vient d'engloutir un morceau de viande bien plus gros qu'il n'était nécessaire. « Allons, peut-être vas-tu enfin nous laisser dormir? » Sa main cherche un mouchoir sous l'oreiller, essuie son ventre.

Tandis que les vagues légères du sommeil commencent à le baigner, il se demande : « Est-ce que je serai gêné de croiser le regard de Kenny, en classe, lundi? »

« Non. Pas le moins du monde. Même s'il a dit à Lois (ce dont je doute) : Je l'ai déshabillé; je l'ai mis dans son lit; il était soûl comme un Polonais. Car, en ce cas, il lui aura aussi parlé de la baignade. Il fallait le voir dans l'eau : aussi dingue qu'un gosse! Je lui ai dit : On ne devrait pas vous laisser sortir tout seul. »

George se sourit à lui-même, tout content de soi. « Oui,

c'est bien vrai que je suis dingue », songe-t-il. « Voilà mon secret; voilà ma force.

« Et j'ai l'intention d'être encore beaucoup plus dingue », annonce-t-il. « Regardez-moi, Mesdames et Messieurs! Moi qui vous parle... eh bien, à Noël, je prends l'avion pour le Mexique! Combien voulez-vous parier? La première chose que je ferai demain matin, ce sera de réserver mes places! »

Il s'endort en souriant.

Après quoi, il refait partiellement surface, de temps à autre. Il affleure à peine la calme surface des eaux. La majeure partie de George reste immergée dans le sommeil.

A fleur d'eau, le cerveau dans sa boîte crânienne, sur l'oreiller, manifeste une obscure conscience; il ne s'agit plus de sa conscience diurne. Maintenant, il est incapable de décision. Mais c'est peut-être justement pourquoi, dans un tel état, il peut avoir conscience de certaines décisions qui ne semblent pas encore prises. Des décisions qui ressemblent à des codicilles signés, attestés en secret, serrés en lieu sûr, en attendant l'heure de leur exécution.

Le George diurne a même le droit d'interroger celui qui a pris ces décisions; mais il ne lui sera point permis de se rappeler ses réponses, demain matin.

Et s'il avait effarouché Kenny? Et s'il ne revenait pas?

Qu'il reste où il est. George n'a pas besoin de lui, ni d'aucun de ces gosses. Il n'est pas à la recherche d'un fils.

Et si Charlotte retournait en Angleterre?

Il peut se passer d'elle, le cas échéant. Il n'a pas besoin d'une sœur.

George retournera-t-il en Angleterre?

Non. Il restera ici.

A cause de Jim?

Non. Jim, c'est le Passé, maintenant. Il n'est plus d'aucune utilité pour George.

Mais George conserve de lui une mémoire si fidèle!

C'est George qui s'accroche à son souvenir. Il a peur d'oublier. « Jim, c'est ma vie », affirme-t-il. Mais il lui faudra oublier s'il veut continuer de vivre. Jim, c'est la Mort.

Alors, pourquoi George restera-t-il ici?

C'est ici qu'il a trouvé Jim. Il croit qu'ici, il trouvera un autre Jim. Il ne le sait pas, mais il a déjà commencé de chercher.

Pourquoi George croit-il qu'il le trouvera?

Il sait uniquement qu'il faut qu'il le trouve. Il croit qu'il le trouvera parce qu'il faut qu'il le trouve.

Mais George se fait vieux. Très bientôt, ne sera-t-il pas trop tard?

Ne dites jamais à George une chose pareille. Il refusera de vous écouter. Il n'osera pas. Au diable, le Futur! Le Futur, c'est pour Kenny et les autres gosses. Que Charley conserve le Passé. George, lui, ne s'accroche qu'à Maintenant. C'est Maintenant qu'il doit trouver un autre Jim. Maintenant qu'il doit aimer. Maintenant qu'il doit vivre...

Cependant, voici le corps connu pour être celui de George, endormi sur ce lit et ronflant très fort. L'humidité de l'air océanique affecte les sinus; et de toute manière il ronfle encore plus fort après avoir bu. Jim lui donnait des coups de pied pour le réveiller, le tournait sur le côté, parfois se levait, furieux, pour aller coucher dans la pièce du devant.

Mais la totalité de George est-elle réellement présente ici?

Le long de la côte, à quelque distance au nord, sur un récif de lave au-dessous des falaises, il y a un grand nombre de bassins rocheux. On peut aller les voir à marée basse. Chaque bassin est distinct, différent, et l'on peut, avec un rien d'imagination, leur donner des noms — tels que George, Charlotte, Kenny, Mrs. Strunk. De même que l'on considère George et les autres, pour des raisons de commodité, comme des entités individuelles, on peut considérer un bassin rocheux comme une entité; ce qu'il n'est pas, bien sûr. Les eaux de sa conscience — pourrait-on dire — grouillent d'angoisses traquées, d'appétits aux sinistres mâchoires, d'intuitions rapides comme des flèches, de vieilles obstinations aux coquilles encroûtées, accrochées au roc, de profonds secrets étincelants, non révélés, d'organismes menaçants et protéiformes qui se meuvent mystérieusement, prophétiquement peut-être, vers la surface lumineuse. Comment des créatures aussi diverses parviennent-elles à coexister? Parce qu'il le faut bien. Les rochers du bassin maintiennent ensemble leur univers. Et durant toute cette journée qu'est la marée basse, elles n'en connaissent point d'autre.

Mais la longue journée se termine enfin, remplacée par cette nuit : la marée haute. Et tout comme les eaux de l'océan, en montant, obscurcissent les mares, de même, au-dessus de George et des autres dormeurs affluent les eaux de cet autre océan, de cette conscience qui n'est personne en particulier, mais qui contient tout le monde et toute chose, passé, présent et futur, et qui s'étend, ininterrompue, par-delà les plus lointaines étoiles. Nous pouvons supposer à bon droit que, dans les ténèbres de la marée haute, certaines de ces créatures, enlevées à leurs mares, dérivent au loin sur les eaux profondes. Mais rapportent-elles jamais, quand revient le jour (la marée basse), une proie quelconque? Sont-elles en mesure, d'une façon quelconque, de nous raconter leur voyage? Ont-elles même quelque chose à raconter — sinon que les eaux de l'océan ne diffèrent pas vraiment des eaux de la mare?

A l'intérieur de ce corps étendu sur le lit, la grande pompe ne cesse de fonctionner; elle n'a pas besoin de repos. Sur tout ce navire aux pulsations tranquilles, l'équipage du squelette procède à ses infimes rectifications. Quant à ce qui se passe dans les hauteurs, l'équipage n'en connaît que les signaux d'alarme, de fausses alertes pour la plupart; des feux rouges allumés par le tronc cérébral en proie à la panique, sèchement contredits par les feux verts du raisonnable cortex. Mais, maintenant, les commandes sont automatisées. Le cortex somnole; le tronc cérébral n'enregistre, de temps à autre, qu'un cauchemar. Tout semble organisé pour un trajet de routine, d'ici à demain matin. Il y a d'énormes chances pour qu'il ne se produise aucune espèce d'accident. Ce bateau semble à toute épreuve.

Pourtant, supposons seulement...

Prenons l'instant précis, voilà des années, où George, en entrant au " Tribord ", a pour la première fois aperçu Jim, pas encore démobilisé, beau à couper le souffle dans son uniforme de la Marine. Supposons ensuite qu'au même instant, dans les profondeurs d'une des branches principales de l'artère coronaire de George, un processus inimaginablement progressif se soit déclenché. Pour une raison quelconque — aucun médecin ne saurait dire au juste pourquoi —, la paroi interne commence à devenir rugueuse. Et, un par un, à la surface de l'endothélium lisse, devenu rugueux, des ions de calcium, apportés par le courant sanguin, commencent à se déposer... C'est ainsi que lentement, de manière invisible, avec la plus grande discrétion, et sans que les vieux faiseurs d'histoires du cerveau s'en aperçoivent le moins du monde, il se trame une situation presque indécente à force d'être mélodramatique : la formation de la plaque athéromateuse.

Supposons cela, tout simplement. (Le corps étendu sur le lit continue à ronfler.) La chose est follement improbable. On pourrait parier des milliers de dollars qu'elle ne se produira ni cette nuit, ni aucune autre nuit. Et pourtant, elle *pourrait* — c'est tout à fait possible — être sur le point de se produire — dans les cinq minutes à venir.

Fort bien — supposons que ce soit la nuit, l'heure et la minute fixées.

Et maintenant...

Le corps étendu sur le lit frémit légèrement, peut-être; mais il ne pousse point de cri, il ne se réveille pas. Il ne trahit par aucun signe externe le choc instantané, fatal. Cortex et tronc cérébral sont assassinés dans les ténèbres, aussi vite que par un étrangleur indien. Coupé de son oxygène, le cœur se contracte et s'arrête. Privés de leur source d'énergie, les poumons s'immobilisent. Dans tout le corps, les artères se bloquent. Si ce blocage n'avait pas été complet, si l'occlusion s'était produite dans l'une des ramifications secondaires de l'artère coronaire, l'équipage du squelette aurait pu y faire face : il est capable d'accomplir des miracles. Avec un peu de temps, il aurait pu installer des conduits de dérivation, isoler, en la cicatrisant, la zone endommagée. Mais il n'a pas une seconde. Il meurt à son poste, sans être prévenu.

Durant quelques minutes, peut-être, la vie s'attarde dans les tissus de certaines régions externes du corps. Puis, l'une après l'autre, les lumières s'éteignent; il se fait une obscurité complète. Et si un quelconque élément de la non-entité que nous avons nommée George a bien été absent à l'instant de ce choc final, au loin, là-bas, sur les eaux profondes, alors, à son retour, il se trouvera sans abri. Car il ne peut plus se fondre avec ce qui gît ici, sans ronfler, sur le lit. Ce qui gît ici est maintenant pareil aux ordures qui se trouvent dans la poubelle, derrière la maison. Il va falloir emporter le tout pour s'en débarrasser, sans trop attendre.

IMPRIMERIE BUSSIÈRE À SAINT-AMAND (CHER).
DÉPÔT LÉGAL FÉVRIER 1984. N° 6719 (2830).